KB095089

十兵鬼
십병귀

오채지 新武俠 판타지 소설

FANTASTIC ORIENTAL HEROES

십병귀 7

오채지 新무협 판타지 소설

초판 1쇄 찍은 날 § 2012년 10월 24일
초판 1쇄 펴낸 날 § 2012년 10월 30일

지은이 § 오채지
펴낸이 § 서경석

편집부장 § 권태완
편집책임 § 어정원

펴낸곳 § 도서출판 청어람
등록번호 § 제1081-1-89호
등록일자 § 1999. 5. 31
어람번호 § 제2-2271호

주소 § 경기도 부천시 원미구 심곡2동 163-2 서경B/D 3F (우) 420—822
전화 § 032-656-4452 팩스 § 032-656-4453
http://www.chungeoram.com
E-mail § chungeorambook@daum.net

ⓒ 오채지, 2012

ISBN 978-89-251-3045-6 04810
ISBN 978-89-251-2887-0 (세트)

十兵鬼

십병귀

7

오채지 新무협 판타지 소설

FANTASTIC ORIENTAL HEROES

청어람

第一章 풍산왕(風散王)의 제안

해는 동쪽에서 떠올라 서쪽으로 진다.

구룡채는 육반산 기슭에서 동쪽의 고원을 바라보며 자리했다. 저 멀리 보이는 지평선 너머로부터 떠오르기 시작한 해는 광활한 황토 고원을 온통 황금빛으로 물들이고 있었다.

적들은 세상에서 가장 커다란 황금 광채를 등지고 달려왔다. 뿌옇게 솟은 먼지구름과 그 구름 사이로 언뜻언뜻 보이는 전마(戰馬)의 기상은 가히 바닷가 마을을 향해 몰려오는 폭풍과도 같았다.

엽무백은 암릉 위에 올라 먼지구름을 쓸어 보고 있었다. 그의 좌우에는 왕 장로, 문풍섭, 한백광, 칠성개, 청성오검, 법공 등을 비롯한 수뇌부가 도열했다.

다시 뒤쪽 공터에는 정도 무림의 생존자들이 무장을 갖춘 채 속속 집결했다. 적과의 거리는 이제 겨우 오 리. 이 상태라면 반 식경이 되지 않아 구룡채를 덮칠 것이다.

공터로 집결한 사람들은 두려움과 공포에 질린 와중에도 사뭇 비장한 얼굴로 고원을 응시했다.

"일단 적의 숫자를 알아야 하는데 먼지구름에 가려 도통 알 수가 없으니 낭패로구먼."

왕 장로가 탄식했다.

"영리한 놈들입니다. 먼지구름 속에 숨어 자신들의 모습을 철저히 은폐하고 있습니다."

문풍섭이 말했다.

"방법이 아주 없는 것도 아닙니다."

엽무백이 말했다.

사람들의 시선이 일제히 엽무백을 향했다.

왕 장로가 물었다.

"무슨 뜻인가?"

"먼지구름의 크기, 달려오는 속도, 바람의 방향, 투과된 햇빛의 세기를 고려하면 대략적인 가늠이 가능합니다."

"그게 사실인가?"

"대막의 기마민족들이 흔히 사용하는 방법이죠."

"그래서 몇 명이나 될 것 같은가?"

"최소 일만입니다."

"일만……!"

사람들은 깜짝 놀랐다.

일만이면 과거 정도무림인들이 건재하던 시절 구대문파의 무인 모두를 합친 것보다도 두 배는 많다. 전력이 그때에 비해 턱없이 약해진 지금 일만을 상대로 전쟁을 벌인다는 것은 자살 행위나 다름이 없었다.

사람들은 너나 할 것 없이 할 말을 잃은 채 고원을 가로질러 오는 먼지구름만 쳐다볼 뿐이었다. 그사이 공터는 중무장을 한 말과 사람들로 가득 찼다.

조원원이 달려와 보고했다.

"집결이 끝났어요. 팔 한 짝이라도 휘두를 수 있는 사람은 죄다 끌어모았지만 육백이 채 안 되네요."

앞서 금사도에서 있었던 전투로 생존자의 수는 칠백여 명을 헤아린다. 하지만 그중 삼백이 부상자이고 그나마 일백여 명은 혼자서는 단 한 걸음도 옮기지 못할 정도의 중상자였다.

조원원의 말은 아예 드러누운 일백을 제외하고는 죄다 무장을 시켰다는 뜻이다. 그래도 턱없이 부족한 육백, 이 병력으로 새까맣게 몰려오는 적을 상대해야 한다.

처음부터 이길 수가 없는 싸움이다.

"부상자들은?"

엽무백이 물었다.

"일단 들것에 실어놨어요."

들것에 실린 부상자 한 명에 최소 두 명은 달라붙어야 이동을 할 수 있다. 들것이 일백 개니 다시 이백의 인원을 전투력에서 논외로 놓아야 한다.

그렇게 되면 실제 싸울 수 있는 사람은 겨우 사백이다. 육백으로도 턱없이 부족한데 사백이면 오죽할까?

아닌가?

어차피 계란으로 바위 치기니 육백이나 사백이나 매한가지인가?

"육반산으로 들어가는 게 어떤가? 병단을 방불케 하는 적을 상대로 싸우기에는 아무래도 엄폐물이 많은 숲이 유리할 것 같네만."

왕 장로가 말했다.

"내 생각도 같네. 이대로 맞서 싸우는 건 섶을 지고 불 속에 뛰어드는 격이네. 일단 몸을 뺀 다음 후일을 도모하는 게 어떻겠나?"

문풍섭이 말했다.

전날 복주의 호중천에서 낯을 익힌 탓인지, 아니면 친밀감을 느껴서인지 그는 이제 엽무백에게 편하게 말을 했다. 하지만 그 내용은 부장이 좌장에게 의견을 피력하듯 아주 공손했다.

하지만 엽무백은 점점 커지는 고원의 먼지구름만 가만히 응시했다. 마치 무언가를 기다리기라도 하는 것처럼. 엽무백의 입이 다시 열린 것은 왕 장로가 거듭 채근을 하고 나서였다.

"무얼 기다리는 겐가?"

"우리는 모두 칼날 끝에 서 있습니다. 하루에도 몇 번씩이나 생사가 오가죠."

엽무백은 잠시 사이를 두었다가 말을 이었다.

"제 짐작이 틀리지 않다면 이번 작전은 신기자가 설계를 했습니다. 그는 머릿속에 만 가지 지략을 품은 무서운 인간이죠. 이렇게 단순한 작전을 구사할 리가 없습니다."

"단순한 작전?"

"고원을 가득 메우며 달려오는 저 먼지구름을 보면 누구라도 일단은 울창한 육반산으로 들어가려 하겠지요. 그편이 역습하기에도 좋고 함정을 파기에도 유리하니까요. 게다가 부상자들까지 데리고 있으니 사실 그것밖에는 선택의 여지가 없어 보입니다. 바로 여기에 함정이 있습니다."

왕 장로의 눈이 동그래졌다.

사람들이 크게 술렁이기 시작했다.

아무리 생각해도 살길은 육반산으로 들어가 험준한 지형을 이용해 치고 빠지는 기습전을 펼치면서 시간을 끄는 것밖에 없다. 그러다 적이 빈틈을 보여주면 도주를 할 수도 있고.

한데 엽무백은 그게 함정이라고 한다.

"자세히 설명을 해주게."

"구룡채의 뒤쪽 산자락에 펼쳐져 있던 수림 지대를 기억하십니까?"

"백림(白林)을 말하는 것인가?"

전날 금사도에서 전투를 치른 후 사람들은 산릉을 셀 수도 없이 넘어 이곳 구룡채로 왔다. 그때 구룡채를 앞두고 반나절 정도 괴이한 숲을 지났다. 수피가 온통 하얀 껍질로 뒤덮인 활엽수가 빽빽하게 들어선 숲이었는데, 겨울이 깊은데도 불구하고 잎은 여전히 푸른빛을 띠었다.

눈이 내린 듯 온통 하얀 수피에 잎은 푸르디푸른 그 숲을 통과하는 동안 사람들은 몽환적인 별세계를 경험했다. 그런 나무와 숲은 중원에선 볼 수 없는 것이었다.

때마침 그때 보았던 나무가 구룡채에도 한 그루 있었다. 엽무백은 진자강의 손에서 아직 꺼지지 않은 횃불을 빼앗아 공터를 향해 휙 던졌다.

횃불은 퍽퍽 소리를 내며 날아가더니 공터 중앙에 있는 아름드리나무의 둥치에 부딪혀 툭 떨어졌다.

잠시 후, 놀라운 일이 벌어졌다.

화르륵 소리와 함께 하얀 수피를 가진 나무둥치가 타오르더니 눈 깜짝할 사이에 무성한 잎 전체로 옮겨붙었다.

사람들은 하나같이 아연실색했다.

나무는 여전히 푸른 잎을 자랑했고, 줄기는 수분을 흠뻑 머금고 있었다. 그런 나무가 어떻게 저리 빨리 타오를 수가 있는가. 이건 바싹 마른 소나무라도 불가능한 것이었다.

"백단(白檀)이라는 놈입니다. 껍질과 잎에 기름 성분이 많아 달단의 기마민족들은 비가 오는 날에도 백단의 껍질을 벗겨 모닥불을 피우죠. 결정적으로 지금은 고원에서 일어난 바람이 육반산을 향해 불고 있습니다."

"화공!"

"지금 백림은 화약고입니다. 우리가 숲으로 들어가고 난 뒤 적 병력이 산 전체를 에워싼 상태에서 동시다발적으로 불을 지르게 되면……."

좌중이 다시 한 번 크게 술렁였다.

여타의 겨울산과 달리 백림은 잎이 푸르렀기 때문에 화공은 생각지도 못했다. 사실 백단이라는 나무 자체를 몰랐다.

신기자라는 인간 정말 대단한 물건이지 않은가.

그는 구룡채의 뒤편에 광활한 백림이 펼쳐져 있다는 걸 알았다. 천망의 눈이 곳곳에 있으니 그쯤 알아내는 것은 어려운 일이 아니다. 중요한 건 그가 백단이라는 나무의 특성을 알았고, 그것을 전술에 이용했다는 것이다.

사람들은 너도나도 간담을 쓸어내렸다.

엽무백이 아니었다면 이번에야말로 몰살을 당했을 것이다.

하지만 안도는 곧 절망으로 바뀌었다.

유일한 활로라고 생각했던 육반산이 오히려 사지로 밝혀진 지금, 갈 길은 이제 어디에도 없었다. 그야말로 사면초가(四面楚歌)에 진퇴양난(進退兩難)이었다.

그사이 고원에서 솟아오른 먼지구름은 금방이라도 구룡채를 집어삼킬 것처럼 가까워졌다. 이제는 말발굽으로 인한 땅의 진동까지 발끝으로 전해져 올 지경이었다.

서둘러 결단을 내리지 않으면 안 되는 절체절명의 상황. 사람들의 시선은 약속이나 한 듯 엽무백을 향했다. 언제나 그렇듯 이번에도 엽무백이 이 난관을 헤쳐 나가주길 바라면서.

엽무백의 시선은 여전히 고원의 먼지구름을 향해 있었다. 마치 처음부터 저 먼지구름 속에 해답이 있다는 듯 한시도 눈을 떼지 않았다.

그때였다.

"저것들은 또 뭐야?"

갑작스러운 법공의 목소리에 사람들이 뒤를 돌아보았다. 저만치 공터로부터 구룡채의 채주 풍산왕이 말을 탄 채 걸어 나오고 있었다. 그의 뒤에는 돌격창과 개갑으로 무장한 일백의 녹림도가 역시나 말을 탄 채 일사불란하게 따랐다.

때아닌 녹림도의 무장에 놀란 사람들이 득달같이 병장기를 뽑아들고 대치했다.

"이런 배은망덕한 놈들을 봤나. 오라로 꽁꽁 묶어 두려다가 그냥 두었거늘, 마교 놈들이 나타나자 칼을 빼 들어! 우리가 그렇게 만만하게 보였더냐!"

녹림도가 반기를 들었다고 생각한 법공은 다짜고짜 돌진했다. 그 순간 엽무백의 입에서 고함이 터졌다.

"멈춰!"

엽무백의 음성에 담긴 압박감 때문이었을까?

지지리도 말을 안 들어먹던 법공이었지만 이때만큼은 그 자리에 우뚝 멈춰 섰다. 법공은 엽무백을 사납게 돌아보며 못마땅한 표정을 감추지 않았다.

그때 풍산왕이 앞으로 걸어나왔다.

그는 서슬이 시퍼런 정도무림인들을 스스럼없이 지나쳐 엽무백을 향해 다가왔다. 공격을 말라는 엽무백의 명령이 있기는 했지만 칼을 뽑아든 절정의 고수들 사이를 지나오는 건 쉬운 일이 아니었다.

하지만 풍산왕은 의연했다.

그의 모습은 더는 법공에게 얻어터지던 산적 우두머리의 그것이 아니었다. 걸음에는 힘이 실렸으며 전신에서 예사롭지 않은 위엄이 흘러나왔다.

돌변한 풍산왕의 기세에 사람들은 아연실색했다. 이윽고 풍산왕이 엽무백과 서너 장의 거리를 두고 멈춰 섰다.

"무슨 일이오?"

엽무백이 물었다.

목소리에 묵직한 힘이 실렸다.

"고원을 가로질러 동북방으로 삼십 리 정도 가면 협곡지대가 나타나네. 절벽은 높고 협곡은 깊어 능히 만인지적(万人之敵)의 장소라 할 수 있지. 그곳까지만 가면 살길을 도모할 수 있을지도 모르겠네."

말투도 하대로 바뀌었다.

"무슨 뜻이오?"

"짐작하다시피 구룡채의 식구들은 마적 출신이네. 고원에서의 전투는 마적들이 가장 잘 아는 법. 우리가 선봉을 맡겠네."

이게 무슨 희한한 소린가?

마교에 상납까지 하면서 목숨을 연명해 왔던 산적 놈들이 갑자기 정도무림의 생존자들을 돕겠다고?

사람들은 어안이 벙벙해졌다.

"이유는?"

"피를 보지 않은 것에 대한 보답이라고 치면 되겠나?"

전날 구룡채를 습격하면서 정도무림인들은 구룡채의 산적 중 누구도 죽이지 않았다. 이는 엽무백이 사전에 엄명을 내렸기 때문인데, 아무리 도적떼라고는 하나 남의 터전을 강제로 장악하고 약탈하는 것에 대한 일종의 양심 같은 것이었다.

풍산왕은 그것에 대한 보답을 하겠다고 한다.

엽무백은 여전히 시선을 떼지 않은 채 계속 풍산왕을 노려보았다. 그 정도로는 충분한 대답이 되지 않는다는 뜻이다.

"자네의 배려로 말미암아 마교는 우리가 정도무림의 생존자들과 결탁했다고 여길 것이네. 선후야 어찌 되었든 우리가 자네를 도운 것 또한 분명하니 마교는 구룡채를 쳐 정도무림의 생존자들을 도운 것에 대해 일벌백계의 전범으로 삼으려 할 것이네. 아닐 수도 있지만 일단 내가 아는 마교는 그렇다네. 가만히 앉아서 당하느니 싸우는 편을 택하겠다는 게 내 생각일세. 이제 대답이 되었나?"

"여전히 부족하오."

"하지만 자네에겐 선택의 여지가 없지."

풍산왕을 노려보는 엽무백의 눈동자에 기광이 맺혔다. 풍산왕도 지지 않고 엽무백을 노려보았다. 불꽃이 튀는 신경전이 이어지길 잠시, 엽무백이 먼저 침묵을 깼다.

"수하들이 몰살을 당할 수도 있소."

"각오하고 있네."

풍산왕의 결심은 확고해 보였다.

엽무백은 생각에 잠겼다.

풍산왕의 말처럼 그들은 고원을 누비던 마적단 출신이다. 군이 살길을 도모하자면 어느 쪽의 편도 들지 않고 도주하는 방법을 찾을 것이다.

엽무백과 마교가 싸우는 틈을 빌리면 못할 것도 없다. 한데도 풍산왕은 자신들을 도와 마교를 상대로 싸우겠단다. 여기엔 분명 말하지 않은 이유가 있다.

혹시 정도무림의 생존자들을 유인해서 마교에 넘기려는 수작이 아닐까?

그럴지도 모른다.

하지만 아닐 수도 있다.

만약 아니라면…….

풍산왕의 말처럼 살길을 찾을 수 있다.

풍산왕을 한참이나 응시하던 엽무백의 입에서 명령이 폭포수처럼 터져 나왔다.

"한백광, 기마술에 능하고 대도를 잘 다루는 자 일백을 골라 돌격대를 만드시오. 칠성개, 개갑으로 쓸 수 있는 것들을 죄다 구해 일백의 돌격대가 탄 말을 무장시키시오. 당소정, 가벼운 사람 일백을 골라 그들이 탄 안장에 부상자들의 들것을 한쪽만 고정하시오. 시간은 반 각. 그 안에 마무리하지 못하면 그 상태로 출발할 것이오."

부상자들을 실은 들것을 한쪽만 말안장에 고정한다 함은 들것을 비스듬한 상태로 끌고 달리겠다는 뜻이다. 이렇게 되면 그렇지 않아도 부족한 손을 빼앗기지 않을 수 있다.

하지만 그러려면 한 가지가 전제되어야 한다.

달리는 곳이 산악이 아닌 평지여야 한다는 것.

명령을 받은 사람들이 부산하게 움직이는 사이 왕 장로가 근심 가득한 얼굴로 물었다.

"어쩔 셈인가?"

"적진을 뚫고 고원으로 나갈 겁니다."

"그게… 가능하겠는가?"

"살길은 그것밖에 없습니다."

사실 엽무백은 진작 적을 뚫고 지나가는 정면승부를 생각했었다. 다만 그 방법을 두고 고민을 하는 중이었는데, 운 좋게도 풍산왕이 해법을 제시했다.

북동쪽으로 삼십 리만 가면 만인지적의 협곡이 나온다고 한다. 일단 협곡으로 들어가면 결사대가 길을 막고 시간을 버는 사이 본대를 빼는 방법이 있으리라.

구룡채 앞 개활지에 팔백의 병력이 도열했다.

엽무백은 풍산왕이 이끄는 녹림도와 한백광이 추려 뽑은 일백의 돌격대를 섞어 인(人) 자 모양으로 선두에 배치했다. 만에 하나 녹림도가 다른 생각이 있을 경우 현장에서 대처하도록 하기 위해서였다.

선봉대의 맨 앞은 엽무백이 섰다.

엽무백의 좌우엔 풍산왕, 문풍섭, 한백광, 청성오검, 법공, 칠성개 등이 날개처럼 포진했다. 선봉대 뒤에는 부상자들과 여자들, 그리고 상대적으로 무공이 약한 사백의 병력을 오 열로 만들어 중앙에 배치했다.

중앙의 대열 속에는 마혈을 짚고 부상자로 변복까지 시킨 삼성군이 있었다. 삼성군을 앞세워 적의 예봉을 피할 것인가, 아니면 그들을 감춰 구출작전을 사전에 봉쇄할 것인가 하는 문제를 두고 엽무백은 후자를 택했다.

일만의 병력이 돌진해 오는 것으로 보아 팔마궁의 궁주들은 혈족을 잃는 한이 있더라도 자신과 정도무림의 생존자들을 몰살하는 쪽에 비중을 두고 있다는 걸 알았기 때문이다.

그러나 만약의 경우를 대비해 당엽으로 하여금 삼성군을 감시하도록 하는 것도 잊지 않았다.

마지막으로 선봉대를 제외하면 무공이 가장 강한 병력 이백이 중무장을 한 채 사백의 병력을 가장자리에서 에워쌌다.

그들은 달리는 와중에 좌우 측면을 뚫고 들어오는 적 병력으로부터 중앙 오 열의 병력을 보호하라는 명을 받았다. 이들은 당소정과 조원원이 각각 좌우에서 진두지휘를 하기로 약조되어 있었다.

이렇게 해서 전체 열은 모두 칠 열. 기다랗게 늘어선 팔백의 병력은 거대한 개(介) 자 형태의 진을 구축했다.

사람들은 잔뜩 긴장한 채로 전방을 주시했다.

그사이 적들은 백여 장 정도로 가까워졌다.

까마득히 솟아오른 먼지구름 사이로 적 선봉대의 모습이 나타났다가 사라지기를 반복했다. 적들은 먼지구름과 함께 달려오고 있었다. 바람이 고원에서 육반산을 향해 불고 있기 때문이다.

언뜻언뜻 보이는 적 선봉대의 모습은 위압적이기 짝이 없었다. 정도무림의 생존자들과 녹림도들이 나무로 짠 개갑을 입은 것과 달리 마교의 선봉대는 말과 사람 모두가 철갑으로 무장한 상태였다.

적 선봉대가 갑자기 속도를 높이면서 흉측한 모습이 더욱 선명하게 보였다. 시커먼 전마, 번쩍이는 철갑, 서른 근은 족히 나갈 법한 대월도(大月刀), 그리고 흑색 귀면 투구를 뒤집어쓴 병력이 새까맣게 구름을 치고 나왔다.

그 위용이 흡사 천둥 번개를 품은 먹구름이 몰려오는 것 같았다.

"저것들이 도대체 뭐지?"

법공이 눈을 번쩍 뜨고 물었다.

"흑색도귀병단(黑色刀鬼兵団)."

엽무백의 입에서 나직한 음성이 흘러나왔다.

"그게 뭐야?"

"철갑귀마대를 기억하나?"

"기억하고말고."

"그놈들을 잡기 위해 팔마궁에서 만든 돌격 병단이지. 숫자는 일천. 오로지 싸움을 위해 태어난 일당백의 전투 괴수들이지."

사람들은 너도나도 마른침을 삼켰다.

각오는 했지만 실제로 직면하니 적들의 위용은 생각했던 것보다 훨씬 압도적이다.

게다가 저 흑색도귀병단이 전부가 아니었다.

앞서 엽무백은 적 병력의 숫자가 일만을 헤아린다고 했다. 그리고 흑색도귀병단은 일천이라고 했다.

그 말이 사실이라면 흑색도귀병단은 그저 선봉대에 불과할 뿐, 저들의 뒤에는 구천에 달하는 병력이 더 있을 것이고, 그들 사이사이에는 상상도 못할 고강한 고수들도 섞여 있을 것이다.

말은 하지 않았지만 모두가 머릿속으로 같은 생각을 했다.

'오늘이 이승에서의 마지막 날이 되겠구나.'

흑색도귀병단의 위용에 놀란 말들이 투레질을 하기 시작했다. 그렇잖아도 잔뜩 얼어붙었던 정도무림의 생존자들은 더욱 움츠러들 수밖에 없었다.

이쯤 되니 제아무리 목숨을 아까워하지 않는 돌격대라고 할지라도 긴장할 수밖에 없었다. 그들은 너나 할 것 없이 마른침을 삼켰다.

그건 법공도 마찬가지였다.

천성적으로 두려움을 모르는 그였지만 새까맣게 몰려오는 일만의 적은 그로서도 간담이 서늘해지는 광경이었다.

하지만 두려운 마음과 달리 몸은 금방이라도 적들을 향해 달려나갈 것만 같았다. 그건 마교를 상대로 오랜 시간 싸워온 습관이 몸에 밴 일종의 본능이었다.

"기다려!"

엽무백이 말했다.

착 가라앉은 그의 음성은 긴장과 두려움으로 경직되어 있던 사람들을 묘하게 진정시키는 힘이 있었다.

그사이 말들의 투레질은 더욱 심해졌다.

이윽고 적들이 삼십여 장으로 가까워졌을 때 엽무백이 나직하게 말했다.

"법공, 시작해!"

"후우!"

법공은 한차례 길게 숨을 내뱉었다.

그리곤 갑자기 벼락처럼 말을 달려나가기 시작했다. 이 느닷없는 상황에 모두가 당황하는 사이 법공은 이미 흑색도귀병단과 격돌할 상황에 처했다. 그 순간 법공이 무언가를 냅다 던졌다.

포물선을 그리며 날아간 그 정체불명의 물건은 사나운 기세로 돌진해 오던 흑색도귀병단의 복판에 떨어졌다.

쿠앙!

엄청난 폭음과 함께 방원 십여 장이 불바다로 변해 버렸다. 막강한 폭압을 견디지 못한 흑색도귀병단 십여 명이 말과 함께 허공으로 튕겨 올라갔다.

폭발의 진원으로부터 어느 정도 거리를 두고 있는 자들에게도 불벼락이 쏟아졌다. 눈 깜짝할 사이에 수십 기의 기마가 화염에 휩싸여 쓰러졌다. 뒤를 따르던 마필이 앞서 쓰러진 말에 걸려 다시 쓰러지고 또 쓰러졌다.

한순간 흑색도귀병단의 대열이 쑥대밭으로 변했다. 엽무백의 입에서 천둥 같은 대갈일성이 터진 것도 동시였다.

"전속력으로 돌격!"

"와아아!"

고원을 쩌렁하게 울리는 함성과 함께 풍산왕과 엽무백이 이끄는 선봉대가 질풍처럼 돌진했다. 정도무림의 생존자 육백여 명이 뒤를 이었다.

법공이 던진 뇌화구는 철벽처럼 단단하던 흑색도귀병단의 대열에 균열을 만들어냈다. 엽무백은 그 균열을 뚫고 달리며 장창을 닥치는 대로 난사했다.

퍽퍽 소리가 요란하게 울리며 불붙은 흑색도귀병들이 먼저 쓰러지기 시작했다. 뒤를 잇는 자들이라고 해도 결과는 달라지지 않았다.

예봉을 꺾어야 살길이 열린다는 걸 아는 엽무백은 손속에 한 줌의 인정도 남기지 않았다. 질풍처럼 달리고 폭풍처럼 휘두르는 그의 압도적인 무력 앞에 흑색도귀병단은 추풍낙엽처럼 쓰러져 갔다.

단 한 사람이 만들어내는 이 파괴적인 돌파력에 적진의 균열은 좀 더 커졌다. 그 속으로 풍산왕, 문풍섭, 법공, 칠성개, 청성오검 등의 수뇌부들이 뛰어들어 적진을 좌우로 찢어발겨 버렸다.

"으악!"

"끄악!"

소름 끼치는 비명이 난무했다.

먼지와 뒤섞인 불길이 사방으로 번지는 사이 누구의 것인지 모를 피가 낭자하게 튀어 올랐다. 어느새 정도무림의 선봉대까지 적진 깊숙한 곳으로 찔러 들어갔다.

그때부터 선봉대의 활약이 시작되었다.

한백광은 애초 약속한 대로 엽무백이 이끄는 선두의 수뇌부들로부터 대여섯 장 물러나 정도무림의 돌격대를 진두지휘했다.

각자 다른 사문을 가진 백인백색의 무인들은 생존이라는 하나의 목적을 위해 죽을힘을 다해 싸웠다. 가장 염려했던 흑색도귀병단을 엽무백과 수뇌부들이 뻥뻥 쓰러뜨리는 걸 보자 없던 용기도 생겨났다.

놀라운 것은 풍산왕이 이끄는 녹림도들의 전투력이었다. 앞서 정도무림의 생존자들이 구룡채를 기습했을 당시에는 파죽지세로 무너졌던 그들이, 드넓은 개활지에서 마교를 상대로 싸울 때는 맹수가 따로 없었다.

삼 장에 달하는 돌격창을 앞세운 그들은 비호처럼 날아드는 적들을 무참히 꿰고 뚫었다. 말과 사람이 하나가 되어 전속력으로 달리는 기마술도 기마술이거니와 돌격창을 다루는 솜씨 또한 대단하기 짝이 없었다.

풍산왕은 그중 독보적이었다.

그가 한 자루 돌격창을 좌우로 폭풍처럼 휘두르며 질주할 때마다 적들은 마치 바퀴로 뛰어든 사마귀처럼 무참하게 떨어져 나갔다.

흑색도귀병단은 이렇게 간단하게 쓰러질 잡졸이 아니었다. 철갑으로 무장을 한 그들은 어지간한 병기로는 생채기 하나 낼 수 없었다. 무엇보다 서른 근에 육박하는 대월도는 달리는 마상에서 적병의 목을 치기에 가장 적합한 도구다.

그린 그들이 쓰러지고 있었다.

흑색도귀병단은 개활지에서의 기마전에 특화된 전투 집단이다. 아니나 다를까, 잠깐 사이에도 정도무림의 돌격대와 풍산왕이 이끄는 녹림도 중 수십 명이 흑댁도귀병들이 휘두르는 대월도에 맞아 목이 날아갔다.

그런 그들이 쓰러지고 있었다

돌격창 때문이다.

녹림도들은 철갑을 두른 흑색도귀병의 급소를 정확히 찾아 귀신같은 창술로 찔러댔다. 길어야 오 척에 불과한 대월도는 삼 장에 달하는 돌격창의 상대가 될 수 없었다.

문풍섭을 비롯한 정도무림의 수뇌부들은 아연실색할 수밖에 없었다. 특히 풍산왕의 무공은 법공을 상대로 오 초 만에 무릎을 꿇었다는 사실이 도저히 믿어지지 않을 정도다.

'뭔가 흑막이 있다!'

모두의 머릿속에 든 생각이었다.

하지만 지금은 그걸 따져볼 여력도 시간도 없었다. 지금은
적진 한복판, 여길 뚫고 나가는 것이 급선무다. 무엇보다 풍
산왕에 대해 가장 의구심을 가졌던 엽무백이 정도무림의 생
존자들이 달려갈 길을 만들어주기 위해 전력을 쏟아 붓고 있
지 않은가.

정도무림의 돌격진을 하나의 거대한 창이라고 가정했을
때, 엽무백과 수뇌부는 힘이 집중되는 창극(槍戟)의 가장 날
카로운 지점, 즉 극점(戟点)이라고 할 수 있었다.

그 극점이 막히면 창간(槍杆)이라 할 수 있는 대열 전체가
돌진을 못하고 휘게 된다. 그때부턴 방향을 잃고 흩어지다 좌
우에서 돌격해 오는 적들에 의해 갈가리 찢어지리라.

第二章

일만 대 팔백의 신화

十兵鬼
십병귀

마교의 진영에도 사람은 있었다.

흑색도귀병의 복장을 한 괴인 하나가 좌방의 먼지 속에서 튀어나와 대월도를 힘차게 휘둘렀다. 엽무백으로부터 서너 장 떨어진 좌측에서 말을 달리던 법공은 마상에서 두 자루 철곤을 쳐올리며 응수했다.

깡깡 소리가 요란하게 울리는가 싶더니 눈 깜짝할 사이에 다섯 합을 나누었다. 예사롭지 않은 움직임, 필시 백인장급 이상의 고수이리라.

그 바람에 한순간 법공의 발이 묶였다.

잠깐 멈칫하는 사이 좌방이 흑색도귀병으로 가득했다.

"칠성개!"

엽무백의 일성이 울렸다.

그는 뒤통수에도 눈이 있나 보다.

명령이 떨어지기가 무섭게 칠성개가 치고 나갔다.

칠성개는 법공이 하던 역할을 이어받아 적진을 뚫고 달렸다. 기다란 그의 죽봉이 허공을 휘저을 때마다 뻥뻥 소리와 함께 흑색도귀병이 떨어졌다.

그사이 법공은 강맹한 공격을 퍼붓던 흑색도귀병의 머리통을 부숴 버렸다. 잠깐 발이 묶였던 법공은 다시 대열에 합류했고, 문풍섭, 한백광, 청성오검 등과 함께 엽무백의 날개를 맡으며 돌진을 이어갔다.

잠시 후, 이번엔 칠성개가 또 다른 강적을 만났다. 그가 다시 발이 묶였고, 엽무백의 입에서 명령이 터져 나왔다.

"한백광!"

한백광이 벼락처럼 튀어 나가며 칠성개의 역할을 이어받았다. 그 바람에 엽무백이 이끄는 돌격대는 속도를 잃지 않고 계속 달릴 수 있었다.

이런 식의 싸움은 아군의 전력 손실을 최대한 아끼면서 동시에 돌파력을 최대한으로 높일 수 있다.

문제는 속도다.

조금이라도 지체하는 순간 대열은 여지없이 무너지리라. 때문에 무슨 일이 있어도 달리는 속도를 늦추면 안 된다. 엽무백의 목적은 적과의 교전이 아니라 오로지 돌파에 있었으므로.

그렇게 백여 장을 달리는 사이 엽무백이 이끄는 선봉대는 어느새 흑색도귀병을 모두 뚫었다.

전력의 손실도 만만치 않았다.

선봉대의 숫자는 이제 절반으로 줄었다. 일천 흑색도귀병단의 철벽을 뚫는 대가로 백여 명 이상의 사상자가 생겨난 것이다.

그때부터는 숫자를 헤아릴 수도 없을 만큼 새까만 적들과의 혼전이었다. 그건 돌진의 기세만으로 어찌해 볼 수 없는 불가항력적인 힘의 군집이었다. 엽무백의 입에서 새로운 명령이 터진 것도 그때였다.

"풍산왕이 내 뒤를 맡는다!"

말과 함께 엽무백이 신형이 허공으로 솟구쳤다.

전투를 조망하며 명령을 내리던 자신의 자리를 풍산왕에게 넘긴 엽무백은 눈 깜짝할 사이에 십여 장 앞 전방으로 떨어졌다.

좀 더 멀리까지 치고 나가 새까맣게 달려드는 적들을 먼저 제압함으로써 선봉대에 가해지는 부담을 줄이려는 것이다.

선봉대가 속도를 내야 후미의 본대가 안전하기 때문이다.

그때쯤 장창은 분절되어 두 자루 철곤으로 바뀌어 있었다. 두 자루 철곤으로부터 대여섯 장 정도 뻗어 나간 허공에는 역시 두 자루 검이 귀신이라도 들린 것처럼 적들을 향해 불벼락을 떨어뜨리고 있었다.

"으아악!!"

"크아악!"

비명이 난무하고 육편이 비산했다.

뜨거운 핏줄기가 어지럽게 부유했다.

엽무백의 손에 들린 두 자루 곤과 허공에서 날아다니는 검 사이에는 아무것도 없었다. 그럼에도 불구하고 검은 곤이 휘둘리는 방향을 따라 정확하게, 아니, 그보다 훨씬 더 큰 궤적을 그리며 적들을 무참하게 쓸어갔다.

격공섭물의 경지를 한참이나 초월한 이기어검과도 같은 이 신기에 적들은 혼비백산했다. 기세등등하게 달려오던 적들이 급살을 맞은 것처럼 픽픽 쓰러졌다.

혼자서 새까맣게 몰려드는 대적을 찢어발기며 전속력으로 달리는 엽무백의 모습은 가히 사신의 재래와도 같았다.

엽무백이 홀로 창극이 되어 길을 뚫는 사이 풍산왕, 문풍섭, 한백광, 법공, 칠성개, 청성오검 등이 현저히 줄어든 숫자일망정 마지막까지 개(介) 자 모양의 진을 유지하며 전속력으로 따랐다.

하지만 적들 역시 바보가 아니었다.

일만의 병력을 뚫고 고원으로 빠져나가려 한다는 걸 알아차린 적들은 애초 구룡채를 에워싸려던 작전을 바꾸었다.

뿔나발 소리가 어지럽게 울리는가 싶더니 넓게 퍼진 적 대열이 빠른 속도로 좁혀져 왔다. 자신들의 진영 깊숙이 들어온 선봉대만이 목표가 아니었다.

그들은 팔백밖에 안 되는 정도무림의 대열 전체를 앞과 뒤 모든 권역에서 포위해 왔다.

자연스럽게 후미에서도 접전이 벌어지고 있었다.

사천당문의 무공은 실전 무예의 전범이라 할 수 있었다. 오직 상대를 거꾸러뜨리기 위해 천하 무림인들이 비겁하다며 경시해 마지않는 독과 암기를 오히려 더욱 발전시켜 일가를 일군 것만 봐도 알 수 있다.

독과 암기는 무공의 고하를 따지지 않는다.

천하제일인도 중독을 당하면 뻣뻣해져 쓰러질 수밖에 없고, 제아무리 손발이 빠른 자라도 비처럼 쏟아지는 암기를 모두 피할 수는 없다. 오죽하면 사천당문의 독인과는 오 장 이하로 거리를 두지 말라는 말이 나올까.

당소정은 전날 대별산의 죽림에서 캔 독물을 재료로 시간이 날 때마다 틈틈이 만들어 두었던 암기를 아낌없이 출수했다.

쇠털처럼 가느다란 침이 허공을 가를 때마다 먼지구름을 뚫고 나오던 적들이 통나무가 되어 쓰러졌다.

실수는 없었다.

오 장 이내의 권역으로 들어서는 자들은 무공의 고하를 막론하고 고꾸라졌다.

쓰러진 그들을 짓밟으며 말들이 달렸다.

당소정이 맡은 위치는 개(介) 자 모양의 대열 중 좌측의 날개 지점, 특별히 선발된 일백여 명이 일렬로 늘어선 채 그녀의 명령에 따라 중앙의 부상자와 약자들을 엄호하며 달렸다.

사실 지금 이 순간엔 더 위험한 위치와 덜 위험한 위치의 구분이 의미가 없었다. 선봉과 후미의 구분 역시 의미가 없었다.

새까맣게 몰려온 적들에 의해 날개의 진이 뚫리고 찢어지기 일쑤였기 때문이다. 그럴 때면 중앙의 무인들이 튀어나와 죽은 자의 자리를 메웠다. 날개의 병력은 점점 새로운 사람들로 채워졌고, 더불어 중앙의 머릿수 역시 줄어들었다.

출발 당시 칠 열이었던 대열은 오 열로 줄어들었다. 천여 장을 달리는 동안 이백여 명이 적의 칼날에 쓰러진 것이다.

대열이 줄어든다는 건 돌격진(突擊陣)의 힘이 약해진다는 걸 의미한다. 이렇게 점점 가늘어지다가 좌우에서 노도처럼 밀려드는 적 병력을 막아내지 못하는 순간이 올 것이다.

그 순간 대열은 갈가리 찢겨 나갈 것이고, 결국에는 여름날의 웅덩이처럼 흔적도 없이 사라지고 말리라.

승부는 대열이 모두 없어지기 전에 끝이 보이지 않는 이 적진을 뚫고 나가는 것에 있었다. 그러기 위해선 속도를 늦추어선 안 된다.

출발 직전 엽무백은 모두에게 일갈했다.

"우리의 목적은 교전(交戰)에 있지 않다. 접전을 최대한 피하고 전속력으로 달려라. 미리 말해두거니와 새로 생겨나는 부상자들을 위한 안배는 없다. 살고자 하는 자, 중앙의 본대로 뛰어들어 들 것에 매달려라. 그조차도 실패해 적진에 홀로 떨어졌을 때는 마지막까지 장렬하게 싸우다 전사하라. 그래서 동료들에게 살길을 열어주어라."

전투는 엽무백이 경고했던 것과 한 치의 빈틈도 없이 동일하게 전개되었다. 쓰러진 자들은 현장에서 버려졌고, 그렇게 버려진 자들 중 힘이 조금이라도 남아 있는 자들은 몸을 던져 부상자들을 싣고 달리는 들것에 매달렸다.

그마저 실패한 사람들은 뒤를 바짝 추격해 오는 적 말의 다리 사이로 뛰어들어 자살을 시도했다. 한 필의 말이라도 쓰러 뜨려 동료들에게 시간을 벌어주기 위함이다.

지금도 한 명이 어지럽게 교차하는 적 말의 다리 사이로 뛰어들었다. 뚜두둥 하는 소리와 함께 머리통과 팔다리가 어지럽게 튕기더니 그 자리에서 즉사했다.

대신 말이 다리가 뒤엉키면서 쓰러졌고, 그렇게 쓰러진 말 위로 또 다른 말이 쓰러지고, 또 다른 말이…….

하나의 목숨으로 다섯 필의 말이 쓰러졌다.

다섯 필의 말이 쓰러지는 사이 또 다른 한 사람은 몸을 던져 가까스로 들것에 매달릴 수 있었다.

당소정은 입술을 잘끈 깨물었다.

어쩔 수 없다는 걸 안다.

지금은 부상자들은 구출할 여력이 없다.

한 명을 구하려다 자칫 모두가 몰살을 당할 수도 있었다. 할 수 있는 것이라곤 접전을 최대한 피하고 전속력으로 달리는 것이었다.

지금 이 순간만큼은 비정해져야 했다.

가슴이 아닌 차가운 이성으로 싸워야 하고, 철저하게 효율을 따져야 한다. 이것이 전쟁이 지니는 냉엄한 속성이다. 엽무백은 처음부터 모든 걸 알고 있었으리라.

그나마 다행인 건 사방에서 먼지구름이 자욱하게 일어난

다는 점이었다. 바람은 동쪽에서 서쪽의 육반산을 향해 불고 있었고, 엽무백과 정도무림의 생존자들은 바로 그 맞바람을 안은 채로 달렸다.

덕분에 마교의 대병력이 만들어놓은 먼지구름 속을 달리는 형국이 되어 버렸다. 사방에서 자욱한 먼지구름은 그 자체로 훌륭한 은폐물을 제공해 주는 동시에 먼 곳에 있는 적들로 하여금 자신들의 진영을 관통하는 정도무림인들의 정확한 위치 파악을 어렵게 했다.

이는 정도무림인들에게 상상을 초월하는 유리함으로 작용했다. 전장이 아수라장으로 변해 버림으로써 공격을 해오는 적들이 머릿수에 제한을 둘 수밖에 없었던 것이다.

어느 순간 암기가 모두 떨어졌다.

당소정은 허리춤에 매어둔 칼을 득달같이 뽑아들며 외쳤다.

"대열을 사 열로 바꿔요! 일조와 이조는 서둘러 인원을 보충하세요. 삼조는 나를 따라요!"

말과 함께 당소정은 대열의 가장 후미진 곳으로 달려갔다. 돌격진의 전체 길이는 이십여 장, 적진 깊숙한 곳으로 들어올수록 적들의 공격은 후미에 집중되었다.

돌파력에 치중한 나머지 엽무백이 강한 무인들을 죄다 앞쪽에 배치한 탓에 후미의 전력이 상대적으로 취약했기 때문이다. 거기에 선두를 놓친 적들이 물살이 역류하듯 포물선을 그리며 후미를 지지고 들어온 탓도 있었다.

　당소정보다 한발 앞서 후미로 달려왔던 조원원은 새까맣게 몰려드는 적들을 상대로 난전을 펼치고 있었다.

　이건 불가항력적인 싸움이었다.

　교전은 꿈도 꿀 수 없었다.

　그녀가 할 수 있는 것이라곤 오십여 명의 무인과 함께 봇물처럼 밀려드는 적들을 성가시게 굴며 도망가는 것이었다.

　그렇다.

　이건 도주다.

　검을 휘두르는 건 오직 소나기처럼 쏟아지는 적 병기로부터 내 한 몸을 지키기 위한 발작적인 움직임에 지나지 않았다. 당소정이 지원병들을 이끌고 나타난 건 그때쯤이었다.

　"다친 데는 없어?"

　당소정이 좌방에서 떨어지는 대월도를 튕겨내며 외쳤다. 조원원의 온몸이 피로 흠뻑 젖어 있었기에 저도 모르게 불안해 물은 것이다.

　"젠장, 모르겠어요!"

　조원원이 소리쳤다.

　그 말이 맞다.

아수라장이나 다름없는 전투를 일각여 시간 동안이나 치렀더니 몸에 묻은 피가 내 피인지 적의 피인지 구분할 수가 없었다.

"그보다 적진을 벗어나려면 아직 멀었어요?"

이번엔 조원원이 물었다.

혼전 중이라 화난 사람처럼 소리를 꽥꽥 질러야 했다. 그건 당소정도 마찬가지였다.

"나도 모르겠어!"

"선봉대는 어떤 것 같아요?"

"속도가 계속 유지되는 걸 보면 아직은 무사한 것 같아!"

"선봉은 어떤지 몰라도 여긴 더는 버티기 어렵겠어요!"

"조금만 더 버텨보자고!"

하지만 그건 바람에 불과했다.

전마를 탄 채 새까맣게 달려오는 적들을 무슨 수로 당해낸단 말인가. 대열은 이제 명령 없이도 자동으로 삼열이 되어버렸고, 생존자들은 어림잡아도 사백이 채 안 되었다.

구룡채를 출발할 당시 팔백여 명을 헤아렸으니 선봉대를 제외하면 거의 절반 가까이 죽거나 낙오된 것이다.

강자들부터 차례로 죽어나가면서 대열은 곳곳에서 흔들리고 있었다. 그중 가장 큰 충격이 선봉대로부터 십여 장쯤 떨어진 곳에 가해졌다.

먼지구름 속에서 대월도를 든 오십여 기의 기마가 튀어나와 대열의 허리를 좌우에서 수직으로 충돌해 온 것이다.

"으악!"

"아악!"

찢어지는 비명과 함께 대열의 허리가 뚝 끊어졌다. 출발할 당시부터 걱정해 마지않았던 불상사가 현실로 나타났다.

그사이 오십여 기의 인마가 끊어놓은 대열의 허리로 정체불명의 괴인들이 들이닥쳤다. 숫자는 열. 정강이까지 내려오는 피풍의를 입고 죽립을 눌러썼는데 전신에서 뿜어져 나오는 기세가 예사롭지 않았다.

흑월이다.

흑월이 혼전 중에 삼성군을 구출하기 위해 뛰어든 것이다. 아수라장이 된 와중에도 변복을 시킨 삼성군을 정확하게 찾아냈다는 것이 놀랍다.

당소정은 대경실색할 수밖에 없었다.

허리가 끊어지면 후미 쪽 사람들 모두가 고립되고, 고립되는 순간 몰살을 면치 못한다. 아니나 다를까, 갑작스러운 대열의 끊어짐으로 말미암아 후미의 속도가 현저하게 느려졌다.

촘촘하던 대열은 성글게 늘어났고, 그렇게 만들어진 틈을 타고 좌우에서 적들이 맹공을 퍼붓기 시작했다. 끊어진 대열을 서둘러 잇지 않으면 몰살을 당할 처지였다.

"언니!"

조원원이 당소정을 목 놓아 불렀다.

"봤어!"

"뭔가 수를……!"

"나도 모르겠어. 어떻게 해야 하지!"

사실 후미를 지키고 말고를 떠나 개떼처럼 달라붙는 적들을 떼어낼 수가 없었다. 지금 말을 하는 와중에도 당소정과 조원원은 무시로 달려드는 적들과 십여 합 이상을 나누었다.

숨 돌릴 틈도 없이 병기와 병기가 격돌하는 이 순간에 등을 내보이고 달아난다는 건 죽음을 자초하는 격이었다.

그때 적과 교전 중인 두 사람 사이로 여덟 개의 인영이 뛰어들었다. 절강 금천문(金天門)의 후예 여태문이 이끄는 삼조의 조원들이었다.

그들은 남궁옥이 이끌던 비선에 몸담았던 자들로 적주가 죽은 지금 엽무백과 당소정의 묵인하에 여전히 목숨을 부지하고 있었다.

여태문이 당소정을 향해 비정한 얼굴로 말했다.

"적주의 원수를 갚아주시오!"

말이 끝나기 무섭게 여태문과 조원들이 갑자기 대열에서 이탈해 후미의 적진 속으로 뛰어들었다. 미친 듯이 칼을 휘두

르며 달려간 그들 팔 인은 마주 달려오는 적들을 향해 그대로
돌진했다.

교전이고 뭐고 없었다.

말과 말이 부딪치고 사람과 사람이 하나로 뒤엉켰다. 쓰러
진 말들 위로 또 다른 말이 쓰러졌다. 느닷없이 튀어나온 팔
인으로 말미암아 적진 속에서는 일대 혼란이 일어났다.

눈 깜짝할 사이에 여태문과 그의 조원들은 적들 속에 파묻
혀 흔적조차 찾을 수 없게 되어버렸다. 그들이 온몸을 던져
시간을 벌어주는 사이 느슨해진 대열은 다시 조금씩 이어지
고 있었다. 당소정과 조원원은 남은 병력에게 후미를 맡기고
대열의 중단을 향해 득달같이 신형을 쏘았다.

살수가 무서운 이유는 그들이 익힌 비기가 무인 대 무인의
승부를 보기 위한 것이 아닌, 오직 살인을 목적으로 특화되었
다는 것에 있다.

그중에서도 가장 무서운 것이 격전 중에도 주변의 경물에
자신의 신형을 덧씌우는 고도의 은신술이다.

이를 달리 환술(幻術)이라고 부른다.

흑월은 혼세신교가 기르고 육성한 최강의 살수 집단이다.
하지만 그런 흑월의 살인귀들조차도 감당할 수 없는 대적이
있었으니 바로 당엽이었다. 대륙 최고의 살수인 당엽에게 흑

월은 그저 조금 사나운 하룻강아지에 불과했다.

자욱한 먼지 사이로 날아다니는 잔상의 궤적, 번쩍이는 섬광이 쉬지 않고 이어졌다. 섬광이 나타났다가 사라진 후에는 반드시 찢어지는 비명이 뒤를 이었다.

"으악!"

"아악!"

눈 깜짝할 사이에 대열의 중단을 자르고 들어왔던 흑월의 고수 네 명이 비명횡사했다. 그때까지도 흑월은 당엽의 모습을 제대로 보지 못했다. 그들이 본 것이라곤 느닷없이 튀어나온 잔상 하나, 그리고 쉴 새 없이 이어지는 섬광과 비명이었다.

흑월의 월주 이정풍은 어금니를 빠드득 갈았다.

삼성군이 바로 코앞에 있는데, 말안장에 연결된 들것에 시체처럼 꽁꽁 묶여 끌려가고 있는데 불과 한 걸음을 더 나아갈 수가 없다.

수하들이 접근할라 치면 어김없이 섬광이 번쩍이기 때문이다. 방향도 예측할 수 없고 속도도 예측할 수 없다.

충분히 예상했던 일이다.

그래서 수하들을 제물로 바쳐 놈을 끌어내려 했는데 도무지 속지를 않는다. 놈은 저 스스로 만든 가상의 권역을 정해놓고 그 권역을 침범하는 자는 가차없이 목을 친다. 그럼에도 불구하고 한 발자국도 바깥으로 나서지 않는 치밀함을 보였다.

자신의 임무가 적을 격퇴하는 데 있지 않고 삼성군을 지키는 데 있다는 걸 아는 것이다.

무서운 놈이지 않는가.

단 한 명이 철옹성과도 같은 위력을 내다니.

그사이 시간은 지체되었고 수하들은 이제 아수라장이 된 적진 속에서 적들과 혼전을 벌이고 있었다. 엎친 데 덮친 격으로 두 명의 계집까지 달려와 가세했다.

사천당문과 해월루의 후예였다.

이름이 당소정과 조원원이라고 하던가.

순식간에 기습의 유리함이 사라져 버렸다.

이정풍은 자신이 나설 수밖에 없음을 실감했다.

"비켜라!"

천둥 같은 일성과 함께 말을 달리던 이정풍의 신형이 갑자기 허공으로 쭉 솟구쳤다. 순간, 말발굽에 의해 생겨난 자욱한 먼지와 함께 시퍼런 섬광이 그의 아래에서 솟구쳐 왔다.

놈이다.

'좌하!'

이정풍은 연근비(燕勤飛)의 수법을 발휘, 체공 상태에서 벼락처럼 공중제비를 돌았다. 섬광은 그가 공중제비를 도는 박자를 따라 아슬아슬하게 빠져나갔다.

궤적이 정점에 이르러 정확히 한 바퀴를 돈 순간, 놈의 검신에서 발산된 섬광이 바깥으로 빠져나가는 그 찰나의 순간, 이정풍은 두 다리를 힘차게 뻗었다.

다리는 정확하게 오른쪽으로 빠져나가는 검은 잔상을 향했다. 이정풍의 안력에 걸린 그것은 당엽의 등짝이었다.

묵직한 힘이 가해졌다.

단 일격에 등뼈를 부숴 버리는 이 일각의 이름은 백룡퇴(白龍槌), 말 그대로 백룡의 발길질과도 같은 거대한 힘이 당엽의 등을 향해 내리꽂혔다.

뻐억!

둔탁한 음향과 함께 전해지는 충격파.

더불어 바닥을 향해 사정없이 곤두박질치는 검은 잔상.

'격중이다!'

이정풍은 곁에서 달리던 한 놈을 후려 차버린 후 놈이 타고 있던 말을 빼앗아 그 안장 위에 도도하게 내려섰다. 찰나였지만 이정풍은 앞서 자신이 펼친 한 수로 당엽의 등뼈가 박살났음을 의심하지 않았다.

하지만 그의 발아래에서 밧줄에 매달린 채로 끌려가는 인형의 실체를 확인하는 순간 아연실색해질 수밖에 없었다.

일성군 이도정이 땅바닥에 어깨며 얼굴을 텅텅 부딪치면

서 끌려가고 있었다. 이정풍은 재빨리 일성군이 묶여 있던 들 것으로 고개를 꺾었다.

없다.

좀 전까지만 해도 시체처럼 묶여 있던 이도정이 들것과 함께 흔적도 없이 사라져 버렸다.

확실하다.

자신이 가격한 것은 당엽이 아니라 이도정이었다. 찰나의 순간 놈은 자신을 향해 이도정을 들것째 던진 것이다.

'이런!'

무언가 잘못되었다는 것을 느끼는 순간 한줄기 섬광이 발 목을 노리고 날아들었다. 대경실색한 이정풍은 섬광이 날아 오는 좌방을 향해 급박하게 장검을 내리꽂았다.

예상대로 섬광은 이정풍의 장검에 부딪혔다.

깡!

그 순간, 섬광이 돌연 채찍처럼 휘어지며 이정풍의 발목을 휘어 감아버렸다. 동시에 전해지는 화끈한 불 맛!

본시 당엽의 검은 아홉 개의 검편이 정교한 장치에 의해 하나로 연결된 기병(奇兵)이었다. 당엽은 이걸 구절총검이라 부르는데, 그 사정을 알지 못한 이정풍은 당엽에게 발목을 빼앗겨 버리는 실수를 범했다.

'......!'

이정풍은 소름이 쫙 돋았다.

그 순간, 그의 발목은 저항할 수 없는 거대한 힘에 의해 끌어당겨졌다. 뒤늦게 실체를 드러낸 당엽은 구절총검으로 휘감은 이정풍을 달리는 마상에서 좌우의 바닥으로 힘차게 패대기쳤다.

퍽퍽 소리가 요란하게 울리길 한참, 날카로운 구절총검에 휘감긴 이정풍의 발목은 금방이라도 끊어질 것처럼 너덜거렸고, 어깨와 팔은 기이한 방향으로 꺾이고 뒤틀렸다. 그러다 어느 순간 이정풍의 머리가 좌측에서 질주하던 말의 다리 사이로 들어갔다.

투더더덩, 텅텅!

요란한 소리와 함께 이정풍의 머리통은 만신창이가 되어 버렸다.

즉사였다.

당엽의 구절총검이 놈을 압제에서 풀어준 것도 동시였다. 흑월의 수장으로 군림하며 수많은 정적을 지옥으로 인도한 살성은 그렇게 사라졌다.

그때쯤엔 당소정과 조원원 등이 남은 흑월의 고수들을 모두 죽였고, 끊어졌던 대열의 중단도 다시 이어졌다.

당엽이 싸우는 과정을 모두 지켜본 당소정과 조원원은 입이 쩍 벌어졌다. 그가 엽무백 다음가는 고수인 줄은 알았지만 상처를 입은 상태에서 흑월의 월주를 저렇게 간단하게 죽여 버릴 줄이야.

마교의 대살성을 죽여 놓고도 당엽은 별다른 감흥을 느끼지 못하는 듯했다. 그는 자신의 살생부에 한 명을 더 추가했을 뿐이라는 듯 무심한 얼굴로 조원원을 돌아보며 물었다.

"다쳤소?"

"다쳤냐고요? 그걸 지금 말이라고 해요?"

당소정이 달리는 마상에서 다그쳤다.

"내가 뭘 잘못했소?"

"그게 아니라… 휴우, 말을 말아요!"

당엽은 이해할 수 없다는 듯 잠시 조원원을 응시하더니 말 안장에 연결된 밧줄을 휙 잡아당겼다. 밧줄 끝에 묶여 여태 질질 끌려오고 있던 일성군 이도정의 신형이 허공으로 떠올랐다.

당엽은 그 상태에서 밧줄을 기묘하게 놀려 이도정을 말 옆구리에 찰싹 붙이더니 친친 묶어 매달고 달렸다.

비마궁주 이정갑이 혼세신교의 새로운 교주가 된 지금 그의 혈족이 짐짝처럼 다루어지고 있다는 걸 세상 사람들이 알면 기절초풍할 노릇이다.

그때였다.

뿌우우!

뿌우우!

뿌우우!

갑자기 적진 속에서 뿔나발 소리가 천지사방으로 울려댔다. 어림잡아도 백여 개는 될 법한 뿔나발이 동시다발적으로 울리자 정신이 하나도 없을 지경이다.

먼지구름이 자욱한 상황에서 다급하게 명령을 전달해야할 일이 생겼나 보다.

무언가 변화가 일어났음을 감지한 당엽과 당소정, 조원원은 서둘러 주위를 둘러보았다. 어찌 된 영문인지 적의 공세가 현저하게 약해지고 있었다. 먼지구름을 몰고 노도처럼 밀려오던 적들 역시 점점 숫자가 줄어드는가 싶더니 어느 순간부터는 모두를 뒤에 두게 되었다.

적진을 관통했기 때문이 아니다.

어림잡아도 일만에 달하는 대병력이 밀집한 공간을 이처럼 빠른 시간 안에 관통한다는 것은 불가능했다. 아군이 전속력으로 질주하는 동안 적들 역시 놀고만 있지는 않을 것이기 때문이다.

엽무백도 알고 있었다.

적진을 뚫고 고원으로 나간다고 했을 때 그는 장기전을 각오하고 있었다. 선뜻 돌격 명령을 내리지 못하고 고민에 고민을 거듭했던 것은 그 과정에서 아군의 피해를 최소한으로 줄이기 위한 진을 설계하기 위함이었다.

그러다 풍산왕이 나타나 북동쪽으로 삼십 리 밖에 협곡이 있다고 했을 때 엽무백은 마지막 결단을 내렸다. 삼십 리만 달리면 지형의 이점을 살려 활로를 도모해 볼 수 있을 테니까.

하지만 정도무림인들이 달려온 거리는 불과 십 리에 불과했다. 협곡이 나타날 만한 거리가 아니었다. 다시 말해 지금의 상황은 마교의 대병력이 갑자기 추격의 속도를 늦추면서 발생한 것이었다.

당엽이 엽무백과 돌격대가 있는 대열의 앞쪽으로 시선을 던지며 읊조렸다.

"전방에 무언가 있군."

第三章 괴병단의 등장

엽무백이 뿔나발 소리를 들은 것은 한창 살육의 현장을 만들고 있을 때였다. 앞을 막아서는 적 병력 수십을 어검술로 난도질하고 이어 새로운 적을 찾으려 할 때 갑자기 적진 곳곳에서 뿔나발 소리가 요란하게 울려댔다.

　새까맣게 몰려들던 적들이 갑자기 공세를 멈추고 물러나기 시작했다. 목표를 잃은 엽무백은 피의 질주를 멈추고 전방으로 시선을 던졌다.

　그리고 급격하게 표정을 굳혔다.

　광활하게 펼쳐진 고원을 배경으로 등장한 것은 정체불명

의 기마인들이었다.

숫자는 일천여 명. 하나같이 왜소한 말을 타고 가죽으로 만든 갑옷을 입었으며 삼 장이 넘는 돌격창과 여타의 중병기로 무장한 자들이었다.

북방에서 자란 엽무백은 저들 기마인들이 탄 말이 몽고마(蒙古馬)임을 알아보았다. 몽고마는 체구가 작고 속도가 느리며 중원의 거친 산악을 달리지 못한다.

하지만 하늘 아래 가장 인내력이 강한 말이 몽고마다. 몽고마는 반나절을 쉬지 않고 달려도 지치는 법이 없다. 황량한 사막과 거친 황토 고원을 만나면 저 스스로 풀을 찾아 먹으며 한겨울에도 얼어 죽지 않는다.

몽고마 중에서도 기마인들이 탄 말은 모마(母馬)였다. 모마는 마유(馬乳)까지 제공해 준다. 이는 평원을 달리는 기마전사들에게 더없이 훌륭한 음식이다.

엽무백은 기마인들이 입은 피갑(皮甲) 또한 놓치지 않았다. 몽골의 기만전사들은 자신이 타고 다니던 말이 늙어 죽으면 안장을 얹었던 부위의 등가죽을 잘라낸다.

살아생전 안장에 의해 비비고 짓눌러진 등가죽은 질기기가 이를 데 없다. 그런 가죽을 오줌통에 보름 동안 담그면 하얀 곰팡이가 피면서 가죽이 두 배로 두꺼워진다.

이걸 다시 몸에 맞게 재단하고 기운 후 바람에 한 달 정도 말리면 오줌의 성분은 모두 날아가고 돌처럼 딱딱해진다. 가볍기는 가죽과 동일하면서 단단하기는 강철 못지않은 갑옷이 만들어지는 것이다.

이렇게 만들어진 갑옷은 화살에도 뚫리지 않으며 도검에도 찢어지지 않는다. 유일한 방법은 돌격창으로 뚫는 것인데, 전시에 돌격창을 든 적 기마병을 만나는 건 흔한 일이 아니었다.

한마디로 고원의 한가운데서 갑작스럽게 나타난 기마인들의 무장은 영락없는 몽골 기병의 그것이었다.

광활한 초원을 누비며 사냥과 약탈을 경제의 기반으로 삼는 호전적인 가마민족의 후예들.

하지만 저들은 기마민족의 전사들이 아니었다.

기동성을 무기로 치고 빠지는 대규모 돌격전을 선호하는 기마민족의 전사들은 저렇게 자로 잰 듯한 대열을 이루는 법이 없다. 다시 말해 저들은 몽골 기병의 무장을 차용한 한족의 무사들이다.

도대체 저들은 누구인가?

지금 왜 이곳에서 등장하는가?

엽무백이 질주를 멈추면서 뒤를 따르던 정도무림의 생존자들도 모두 그 자리에 우뚝 멈춰 섰다.

맹렬한 속도로 추격해 오던 적 병력도 삼십여 장의 거리를 두고 일제히 멈춰 섰다. 혼란과 당혹, 그리고 팽팽한 긴장감이 짙게 흐르는 가운데 사방에 자욱하던 먼지구름은 바람을 타고 빠른 속도로 사라져 갔다.

더불어 조금 전까지만 해도 보이지 않던 좌우의 풍경이 눈에 들어왔다.

사람들이 서 있는 좌우측, 정확하게 말하면 엽무백이 이끄는 정도무림인들과 그들을 추격해 온 마교의 수천 병력이 대치한 전장의 좌우에서 또 다른 기마인들이 모습을 드러냈다.

백여 장에 달하는 거리를 따라 역시나 몽고마, 피갑, 돌격창, 중병 등으로 무장한 여덟 개의 기마대가 도열해 있었다.

숫자는 각 오륙백씩, 전방을 막아선 기마인들을 포함하면 팔 대(隊), 오천여 명에 이르는 대병력이 삼 방(方)을 포위하고 선 형국이었다.

상황이 묘하게 되었다.

엽무백이 이끄는 정도무림의 생존자 사백여 명은 일만에 달하는 마교의 병력과 느닷없이 등장한 오천의 기마인들로부터 각각 삼십여 장씩의 거리를 두고 가운데 서게 되었다.

이걸 다른 상황으로 보면 엽무백이 이끄는 정도무림의 생존자들을 가운데 두고 마교의 병력과 정체불명의 기마인들이 전후에서 포위한 것으로 해석할 수도 있었다.

"저게… 대체 뭐죠?"

후미에서 전투를 벌이다 앞으로 달려나온 조원원이 뒤늦게 전방의 기마인들을 발견하고 목소리를 쥐어짰다.

"황토 고원에서 활동하는 마적단들 같은데."

조원원과 함께 튀어나온 당소정이 말했다.

"마적 놈들이 왜 저기서 버티고 있지? 마치 우리를 기다린 것 같잖아."

법공이 말했다.

그 순간 사람들의 머릿속에 퍼뜩 떠오르는 생각이 있었다. 구룡채는 채주 풍산왕과 그가 평정한 고원의 마적단 여덟 개를 통칭해 부르는 말이다. 다시 말해 전방에 나타난 자들은 풍산왕를 따르는 마적단인 것이다.

"속았어!"

법공이 말했다.

그는 말머리를 돌려 득달같이 풍산왕을 향해 달려갔다. 그러곤 철곤을 힘차게 뻗어 풍산왕의 인중을 겨누며 소리쳤다.

"망할 놈의 늙은이, 이러고도 살기를 바랐더냐!"

이 방향으로 길을 잡자고 한 사람은 풍산왕이었다. 엽무백은 애초에 고원으로 나올 작정이었지만, 그 속내를 알지 못한 사람들은 협곡이 있다는 풍산왕의 한마디에 엽무백이 결심을 했다고 생각했다.

한백광, 칠성개, 청성오검을 비롯해 수뇌부 대부분이 법공과 똑같은 생각이었다. 그들은 부글부글 끓어오르는 얼굴로 풍산왕을 에워쌌다. 선봉의 돌격대에 섞여 있던 풍산왕의 수하들도 또 다른 정도무림인들에게 의해 둘러싸여 졌다.

금방이라도 척살이 벌어질 것만 같은 일촉즉발의 상황을 진정시킨 것은 엽무백의 입에서 흘러나온 나직한 음성이었다.

"모두 물러나."

"무슨 소리야!"

법공이 버럭 소리를 질렀다.

진하게 피를 본 때문일까?

그는 적잖게 흥분하고 있었다.

"법공!"

흡사 폭탄이 터진 듯한 음성이 다시 울렸다.

저도 모르게 가슴이 철렁한 법공이 슬그머니 옆으로 물러났다. 법공이 물러나자 다른 사람들도 주춤주춤 길을 터주었다.

엽무백은 사람들을 지나쳐 풍산왕을 향해 저벅저벅 다가갔다. 그 모습이 흡사 맹수가 사냥감을 향해 다가가는 것처럼 살벌했다.

"나를 이해시키지 못한다면 여기서 생을 마감해야 할 것이오."

"그런 일은 없을 것이네."

"무슨 뜻이오?"

"저들은 적이 아니라는 말이네."

풍산왕이 곁을 돌아보더니 줄곧 곁을 지키던 수하를 향해 고개를 끄덕였다. 그러자 녹림도는 품속에서 붉은 깃발을 하나를 꺼내 그가 지니고 있던 돌격창의 끄트머리에 묶었다. 그리고 돌격창을 높이 들었다.

붉은색을 배경으로 일곱 개의 별이 새겨진 깃발이 바람에 나부끼기 시작했다.

"칠성기(七星旗)……!"

조원원의 입에서 나직한 음성이 흘러나왔다.

칠성기는 옛 무림맹을 상징하는 깃발이다.

먼 길을 가는 뱃사람들이 북두의 일곱 별을 보고 방향을 점쳤던 것처럼, 무림의 지표가 되자는 취지에서 만들어졌던 칠성기는 십여 년 전 마도천하가 된 이후로 한 번도 세상에 모습을 드러낸 적이 없었다.

그 칠성기가 풍산왕이 이끄는 구룡채의 녹림도에 의해 다시 모습을 드러냈다. 칠성기를 시작으로 삼방을 둘러싸고 있던 기마인들에게서 또 다른 여덟 개의 깃발이 솟아오르기 시작했다.

가장 많은 병력을 거느린 전방의 기마대에서는 영조가 새겨진 깃발이 솟구쳤다.

"봉황기(鳳凰旗)……!"

이번에도 조원원의 입에서 나온 신음이었다.

봉황기는 무림맹 최강의 타격대였던 봉황대를 상징하는 깃발이었다. 정마대전이 발발하기 직전 가장 전성기를 누렸던 무림맹은 일백에 달하는 문파를 맹문(盟門)으로 거느렸다.

이른바 무림 백대문파라 불리는 곳들이다.

봉황대는 그들 백대문파에서 가장 호전적인 인물들만 골라 만든 타격대로 정마대전이 발발할 당시 숫자가 삼천여 명에 이를 정도로 성세를 떨쳤다.

바로 그 봉황대가 다시 등장한 것이다.

그 외에도 혈랑기(血狼旗), 청룡기(靑龍旗), 황룡기(黃龍旗), 백룡기(白龍旗), 뇌검기(雷劍旗), 비마기(飛馬旗), 창랑기(滄浪旗)가 차례로 솟아올랐다.

모두가 정마대전 당시 위명을 떨쳤던 무림맹 타격대들의 표기다. 무림맹주가 항복을 선언하는 그 순간까지도 마교를 상대로 싸우며 정도무림인의 기백이란 이런 것이라는 걸 보여주었던 강골의 무인들.

그들이 다시 나타났다.

좌중이 태풍을 맞은 것처럼 술렁였다.

지금 도대체 무슨 일이 벌어지고 있는 건가?

"저를 일부러 이곳으로 인도했군요."

엽무백이 풍산왕을 향해 물었다.

"그렇다네."

풍산왕이 대답했다.

그의 전신에선 이제 구룡채의 채주였던 모습을 찾아볼 수 없었다. 분명 같은 사람인데도 불구하고 일성의 패주와도 같은 막강한 위엄이 전신에서 뿜어져 나왔다. 필시 신분을 속이고 있는 엄청난 고수이리라.

"제 짐작이 틀리지 않다면 저들이 바로 금사도의 결사대인 듯합니다만……."

그 순간 왕 장로를 비롯한 수뇌부와 정도무림의 생존자들은 정신이 번쩍 들었다. 금사도는 궤멸한 지 오래라는 걸 육반산 정상에서 똑똑히 보지 않았던가.

하지만 엽무백은 분명히 금사도라고 했다.

그게 사실이라면 제이(二)의 금사도가 존재했다는 말이 된다. 정도무림의 생존자들은 너나 할 것 없이 파랗게 질린 얼굴로 풍산왕을 바라보았다.

풍산왕의 입이 묵직하게 열렸다.

"일차 기습이 있은 후 결사대는 뿔뿔이 흩어졌네. 그리고 마적단으로 위장한 채 고원과 대막을 떠돌며 사람들을 모으고 힘을 길렀지. 구룡채는 북방 전역에 흩어져 있는 여덟 개

마적단에게 정보를 전달하고 명령을 내리는 전진기지 역할을 했네. 두 번째 금사도였던 셈이지."

"하면 노인장께서 바로 결사대를 이끈다는 미지의 고수이 겠군요."

엽무백은 채주 대신 노인장이라는 호칭을 썼다. 풍산왕은 이제 더는 산채의 채주일 수가 없기 때문이다.

"소문에는 그렇게 비쳤나 보더군."

풍산왕은 가볍게 웃었다.

정도무림의 생존자들은 벼락이 정수리를 관통하고 지나가 는 듯한 충격을 느꼈다.

곳곳에서 장탄성이 쏟아졌다.

세상에서 완전히 지워져 다시는 회생이 불가능하다고 생 각했던 금사도의 전설이 다시 시작되었다. 오천에 육박하는 결사대도, 그들을 이끈다는 미지의 고수 역시 꿈이 아닌 현실 로 등장했다.

사람들은 온몸에서 피가 끓어올랐다.

그들 모두의 열망이 담긴 함성이 한꺼번에 터져 나왔다.

"와아아아아!"

함성은 고요하던 고원을 순식간에 뒤흔들어 놓았다. 정도 무림인들의 진영에서 끓어오르는 사기를 느꼈음일까? 집결 을 마친 마교의 대병력이 어느 순간부터 기이한 방향으로 흐르기 시작했다.

느닷없이 튀어나온 오천 여의 병력을 맞아 본격전인 전투에 돌입하려는 것이다. 대병력과 대병력의 격돌은 소수의 인원을 상대로 싸우던 추격전과는 그 궤가 다른 법이다.

더구나 지금은 먼지구름 속에서 엽무백을 추격하다 얼떨결에 포위를 당한 상황, 마교의 대병력은 더할 수 없이 일사불란한 움직임으로 새로운 대열을 갖춰가기 시작했다.

한백광이 발 빠르게 나섰다.

엽무백을 제외하면 사실상 정도무림인들을 이끌었던 그는 좀 전의 도망치던 모습과는 달리 마교의 진영을 전방으로 삼은 후 생존자들을 모두 엽무백의 뒤쪽으로 집결시켰다.

전방에서 나타난 기마인들이 적이 아닌 아군이라는 것이 밝혀진 상황에서 새로운 형태의 대열이 필요했던 탓이다.

그사이 적들은 거대한 원형의 진을 모두 갖추었다. 그 진을 뒤로하고 막강한 기도를 뿜어내는 십여 명의 무인들이 말을 타고 전면으로 나섰다. 그들 십인 중에서 유난히 출중한 기도로 좌중을 압도하는 자가 있었다.

칠순은 족히 되어 보이는 나이에도 불구하고 장대한 체구를 지닌 그는 한 자루 언월도를 마상에서 비껴들고 있었다.

전신을 뒤덮은 황금빛 갑옷과 관자놀이를 향해 사납게 뻗친 눈썹에서는 말할 수 없는 기세가 뿜어져 나왔다.

"우청백……!"

왕 장로의 입에서 가느다란 신음이 흘러나왔다.

팔마궁 중 제팔 궁의 지위를 차지한 유마궁(幽魔宮)의 궁주 우청백, 타고난 신력을 바탕으로 마궁 궁주의 지위에까지 오른 무적의 고수다.

그가 일만이라는 대병력을 이끌고 온 것이다.

"자세한 얘기는 차후로 미루지요."

엽무백이 풍산왕을 향해 말했다.

풍산왕은 가볍게 고개를 끄덕이고는 엽무백의 곁으로 다가와 어깨를 나란히 한 채 시립했다. 그의 이런 행동은 매우 중요한 의미를 담고 있었다. 금사도의 결사대를 이끄는 미지의 고수인 그가 스스로를 낮춤으로써 엽무백에게 주장의 자리를 양보한 것이니까.

엽무백은 사양하지 않았다.

유마궁의 궁주라면 여기 있는 누구보다 자신이 가장 잘 알았고, 또 유마궁의 궁주 역시 자신에게 볼일이 있을 것이기 때문이다.

엽무백이 앞으로 나아갔다.

진작 말을 버린 그는 십여 장의 거리를 두고 우청백을 마주보며 섰다.

"자네가 십병귀인가?"

우청백이 말했다.

장대한 체구만큼이나 묵직한 음성이 흘러나왔다.

"오랜만이외다, 궁주."

팔마궁의 궁주들은 혼세신교의 교도에게는 신과도 같다. 그런 거물을 엽무백은 동년배를 대하듯 호칭했다. 엽무백의 불손한 태도에 우청백의 좌우를 점한 십 인의 부장들이 인상을 찌푸렸다.

하지만 정작 당사자인 우청백은 표정 하나 일그러뜨리지 않고 담담하게 말을 이어나갔다.

"노부까지 불러내는 지경에 이르게 하다니 과연 기도가 출중하군. 아군으로 만났다면 크게 썼을 것을……"

우청백은 잠시 사이를 두었다가 말했다.

"지금이라도 저들을 해산시키고 나를 따른다면 목숨을 보장해 주겠노라. 노부에겐 그만한 힘이 있느니."

엽무백은 희대의 거인이었다는 초공산조차도 시기한 나머지 제거하려 했던 인물이다. 그런 엽무백을 제아무리 무신이라고는 하나 일궁의 궁주에 불과한 우청백이 어찌 감당하겠는가.

엽무백은 이런 사정을 한마디로 압축했다.

"궁주는 나를 품을 재목이 못 되오."

"정파의 잔당 몇 명이 가세했다고 하여 대세를 거스를 수 있다고 생각하는 것이더냐?"

"대세를 보는 시각이 나와는 다른 것 같구려."

우청백은 침잠한 표정으로 한동안 엽무백을 응시했다. 그러다 도저히 고집을 꺾을 위인이 아니라고 판단했는지 조용히 화제를 돌렸다.

"우두간이 너의 손에 죽었다고 들었다."

우두간은 전날 엽무백이 금사도에서 죽인 팔성군을 말한다. 그가 바로 유마궁의 소궁주였다.

느닷없는 우청백의 말에 좌중의 공기가 무겁게 짓눌렀다. 사람들은 적아를 막론하고 오한을 느꼈다.

하지만 엽무백은 담담하게 말을 받았다.

"틀림없는 사실이오."

"노부의 혈육을 죽였으니 각오는 되어 있겠지?"

"난 단지 적 하나를 더 베었을 뿐이오. 전시에 사람이 죽고 사는 것은 오직 제 실력에 달린 것. 거기에 무슨 책임과 잘잘못의 잣대를 들이댄단 말이오. 유마궁의 궁주가 힘만 센 소대가리라는 소문은 들었지만 오늘 보니 교만하기 짝이 없는 인물이로군."

소라는 말은 유마궁의 궁주가 우(牛) 씨 성을 쓰는데다 혈족들이 하나같이 장대한 기골과 신력을 타고난 탓에 지난날 정파의 무인들이 조롱 삼아 붙인 말이다.

우청백은 바로 그 일가의 우두머리였으니 자연스럽게 소대가리가 되었다.

엽무백이 지금 자신의 신분과 어울리지 않게 이런 경박한 언어로 조롱하는 것은 우청백을 경동시키기 위함이 아니었다.

엽무백은 지금 우청백을 격하시키고 있었다.

우청백은 혼세신교의 교도들에게 신성불가침의 존재이자 강호에서는 무신이라 불리는 무적의 고수. 그런 자를 저자의 왈패들이나 쓸 법한 언어로 조롱함으로써 그 역시도 한낱 인간에 불과하다는 걸 정도무림인들에게 각인시키고 있었다.

이는 이제부터 벌어질 전투를 염두에 둔 포석이다. 엽무백의 작전이 주효했는지 곳곳에서 웃음보가 터져 나왔다. 지금의 살벌한 대치와는 너무나 어울리지 않는 상황이었다.

정도무림인들이 웃음보를 터뜨리자 마교의 진영에선 더욱더 진한 살기가 피어올랐다. 엽무백의 도발에도 불구하고 우청백은 평정심을 잃지 않았다.

무신이라는 칭호가 아깝지 않았다.

당연한 일이다.

소대가리라는 말로 조롱을 했지만 그는 대륙을 통틀어 열 손가락에 안에 드는 최강의 고수이지 않은가.

"너의 말이 옳다. 같은 논리로 나 역시 오늘 너의 목숨을 거둘 것이니 각오하라."

우청백의 말이 떨어지는 순간 뒤쪽에 도열한 진으로부터 한 무리의 기마가 줄지어 달려나왔다. 그들은 우청백을 휘감으며 진영의 반대쪽 바깥으로 질주하기 시작했다.

기마인들의 질주는 끊이지 않고 이어졌다. 그 모습이 마치 누에고치에서 실을 뽑아내는 것 같았다. 실은 점점 거대한 원을 그리며 소라처럼 소용돌이쳤다.

그러다 어느 순간에 이르러서는 진 전체가 거대한 원형의 톱날처럼 맹렬하게 회전하기 시작했다. 우청백은 어느새 그 원형의 진 한가운데로 사라져 버렸다.

사방천멸진(四方天滅陣)이다.

차륜전의 하나로 중앙을 축 삼아 동(東), 서(西), 남(南), 북(北)의 네 방향에서 회오리 모양으로 감아 돈다고 하여 붙은 이름.

전날 대망곡에서 혈랑삼대의 대주 화문강은 이와 비슷한 전법을 사용, 조원원을 구출하러 온 엽무백 일행을 잡으려 했던 적이 있다.

혈랑삼대가 역사의 뒤안길로 사라진 지금, 유마궁의 궁주 우청백이 일만의 대병력을 이끌고 바로 그 전법의 전신이 되는 전술을 펼치고 있었다.

달라진 점이 있다면 적을 포위한 상태에서 적을 축으로 도는 것이 아닌, 그들 자신이 축이 된다는 것이다.

사실 사방천멸진은 적을 가운데 둘 때보다 바깥에 둘 때 훨씬 위력적이었다. 톱니바퀴처럼 바깥으로 향한 칼날이 맹렬하게 회전하면서 진을 뚫고 들어오는 적들을 모조리 갈아버리기 때문이다.

이는 하나의 진으로 방어와 공격을 동시에 할 수 있다는 것을 의미한다. 모든 진법이 추구하는 궁극의 경지이면서 동시에 가장 위력적인 방식.

"시작하시죠."

엽무백이 풍산왕을 돌아보며 말했다.

어서 명령을 내리라는 뜻이다.

금사도의 결사대를 이끄는 미지의 고수이자 일만에 가까운 적을 오천의 병력이 파놓은 함정으로 이끈 장본인이 아닌가. 이제부터 전투의 지휘는 풍산왕에게 맡겨야 한다.

풍산왕은 한없이 자애로운 표정으로 말했다.

"자네가 시작한 싸움일세. 마무리도 자네가 하게."

"……."

엽무백은 침잠한 표정으로 한동안 풍산왕을 응시했다. 이런 전개는 자신이 원한 것이 아니었다. 엽무백이 원한 건 진자강 조원원과 함께 미지의 고수가 결사대를 이끌고 대반격을 준비 중이라는 금사도에 당도하는 것, 그래서 그 미지의 고수를 도와 마교를 무너뜨리는 것이다.

한데 풍산왕은 자신더러 지휘하란다.

앞으로 무수히 만나게 될 전쟁의 여정 중 한 번에 불과한 전투일 뿐이지만 그것이 상징하는 바는 적지 않았다.

이유를 알 수는 없지만 풍산왕은 지금 그 자신을 향해 있던 세상의 관심과 권위를 엽무백에게로 넘겨주려 하고 있었다.

"작전을 준비한 걸로 보입니다만."

"자네라면 짐작할 줄로 아네만."

삼면을 에워싸고 있는 정도무림들의 결사대는 두려움을 모르는 몽고마, 도검으로도 뚫지 못하는 기마전사들의 피갑, 삼 장에 달하는 돌격창, 그리고 무거운 도검으로 무장했다.

이런 무장을 근거로 그들이 펼치려는 전술을 유추하는 것은 어렵지 않았다.

시작은 돌격창을 앞세워 적진을 찢어놓는 돌격전이다. 다음엔 그렇게 찢어진 적진을 종횡으로 치달리며 도검으로 적들의 목을 뎅겅뎅겅 치는 백병전이다.

전형적인 북방기마 전사들의 전술이었다.

결국 풍산왕의 말은 모든 준비가 되어 있으니 이제 엽무백이 최종 명령을 내리기만 하면 된다는 것이었다.

삼방에 도열한 정도무림의 결사대 오천여 명의 시선이 일제히 엽무백을 향했다. 좌중의 공기가 겨울 안개처럼 차갑게 가라앉은 가운데 엽무백의 입에서 묵직한 저음이 흘러나왔다.

"그렇다면 더더욱 명령을 내릴 필요가 없겠군요."

말과 함께 엽무백이 돌연 맹렬하게 회전하는 적진을 향해 돌진했다. 달려가는 와중에 양손에서는 수백의 적을 도살한 네 자루 검과 곤이 기음을 토하며 빠르게 결속되기 시작했다.

끼르르륵! 착착착!

검과 곤이 마침내 하나로 합쳐져 구 척에 달하는 장창으로 돌변했을 때는 가장 가까운 적과 대여섯 장의 거리를 앞두고 있었다.

그 순간 엽무백의 신형이 허공으로 솟구쳤다.

포물선을 그리며 무려 이십여 장을 날아간 엽무백은 일만에 육박하는 적이 폭풍처럼 회전하는 소용돌이의 중앙으로 떨어져 내렸다.

콰앙!

굉음과 함께 혜성이 떨어진 듯한 묵직한 충격이 지반에 가해졌다. 엽무백의 발아래를 중심으로 막강한 경파가 퍼져 나갔다. 지반을 통째로 흔들리며 일만의 말과 사람들이 한순간 중심을 잃고 크게 휘청거렸다.

그 순간, 엽무백의 손에 들린 장창으로부터 시퍼런 번개가 예닐곱 장이나 뿜혀 나갔다. 번개는 장창을 길이와 엽무백의 동선까지 더해져 방원 십여 장을 순식간에 초토화시켜 버렸다.

쿠콰콰콰콰쾅!

등장하자마자 펼친 이 한 수로 쓰러진 자들의 숫자는 무려 오십여 명. 눈 깜짝할 사이에 엽무백의 주변은 지옥도로 변했다.

무림의 역사를 통틀어 유래를 찾아보기 어려운 이 수법은 사실 세 개의 절기가 동시에 펼쳐진 결과였다. 처음 포물선을 그리며 십여 장을 날아간 것은 유령비조공 중 탄자비(彈子飛)라는 수법이다.

착지의 순간 지반에 무시무시한 충격을 가한 절기는 낙룡번(落龍蹯), 추락하는 용이 남긴 발자국이라는 이름처럼 일단 펼치면 지반에 엄청난 흔적이 남는 것이 특징이다.

착지와 동시에 강기를 팔 장이나 뽑아내 주변을 초토화시킨 마지막 수법은 공진뢰(空盡雷), 잠력을 극도로 끌어올려 일수에 기선을 제압하기 위한 한 수였다.

엽무백이 연속적으로 펼친 된 세 번의 절기에 사방천멸진이 받은 타격은 대단했다. 내공이라는 것이 있을 리 없는 말들은 낙룡번의 굉음만으로도 귀청이 찢어졌다. 거기에 지반까지 흔들리자 놀라 모든 말이 미쳐 날뛰기 시작했다.

사방천멸진은 더는 튼튼한 철옹성이 아니었다.

그러나 대가 없는 이득은 없는 법이다.

한순간의 대격발로 잠력을 크게 소모한 엽무백은 한참이나 그 자리에서 거친 숨을 몰아쉬어야 했다. 그 순간, 누군가 재빠른 일격을 가했다면 생명이 위험했을지도 모른다.

하지만 그럴 기회는 없었다.

엽무백의 상태를 알아차린 풍산왕이 대갈일성을 터뜨리며 달려왔기 때문이다.

"돌격!"

엽무백이 만든 혼란을 틈타 오천의 기병도 돌격창을 앞세우고 삼면에서 돌진했다. 그들은 각자의 위치에서 흔들리는 사방천멸진을 좌우로 교차해 관통해 달리며 수십 개의 조각으로 나누어 버렸다. 그들이 달려가는 길을 따라 비명이 난무하고 피가 낭자하게 솟구쳤다.

마인들에게 사형제와 혈육을 잃은 정도무림인들의 분노는 하늘을 찔렀다. 한번 달아오른 그들의 피는 쉬이 식을 줄을 몰랐다.

죽은 형제들에 대한 복수를 하려는 듯, 고통스럽게 살아온 세월에 대한 보상을 받으려는 듯 그들은 광란의 질주를 벌였다.

당연한 말이지만 마교의 병력도 앉아서 당하지만은 않았다.

쥐도 궁지에 몰리면 고양이를 무는 법이거늘 하물며 칼끝에 인생을 걸고 평생을 살아온 무인들이야 더 말해 무엇할 것인가.

비록 엽무백의 일격으로 예봉이 꺾이고 진의 축이 흔들리기는 했지만 그들은 여전히 압도적인 숫자를 앞세워 치열하게 반격해 왔다.

대규모의 집단전에서 숫자의 우위란 결코 무시할 것이 못 된다. 그걸 알기에 풍산왕은 엽무백으로 하여금 적들을 고원으로 끌고 나오게 만들었고 또 하나로 모으게 했다. 삼면에서 공격하고 돌격창으로 진법을 난도질하기에는 오히려 그편이 유리하기 때문이다.

결정적으로 먼지구름이 있었다.

시간이 흐르자 방원 삼만여 평의 공간은 다시 먼지구름으로 가득 찼다. 피차가 더는 물러설 수 없는 상황, 적아를 식별하기조차 어려운 그 먼지구름 속에서 일만 오천을 헤아리는 무인들은 각자의 명운을 건 백척간두의 전투를 벌였다.

그때부턴 전술도 전법도 없었다.

오직 개개인의 기량에 의해 삶과 죽음이 결정되었다.

육편이 난무하고 피 냄새가 진동하는 지옥도는 해가 중천에 떠오를 때까지 이어졌다.

무려 반나절에 걸려 이루어진 처절한 전투로 생존자의 숫자는 적아를 막론하고 현저히 줄어들었다.

먼지구름의 크기도 조금씩 사그라져 갔다.

먼지구름의 농도가 옅어지고 그나마도 익숙해지면서 점점 피아의 식별이 가능해졌다. 살아남은 사람들의 숫자는 적아를 통틀어 칠천여 명. 애초 일만 오천 명에 달하는 사람들이 격돌했으니 팔천 명가량이 고원의 유혼으로 변한 셈이다.

이토록 짧은 시간에 이토록 많은 사람이 죽은 일은 극히 드물었다. 그야말로 무림사에서 유래를 찾아볼 수 없을 만큼 처절한 전투였다는 반증이다.

하지만 아직 끝난 게 아니었다.

어느 한쪽이 몰살을 당하기 전에는 끝나지 않을 싸움이었으니 머릿수의 총합도 중요하지 않았다. 중요한 것은 어느 쪽의 병력이 더 많이 살아남았느냐는 것, 그리고 어느 쪽이 더 많은 고수를 품었느냐 하는 것이었다.

머릿수는 쌍방이 비슷했다.

애초 절반이 안 되는 병력으로 대등한 숫자까지 이끌어냈으니 지금까지는 정도무림인들의 우세라고 할 수 있었다.

개전 당시 사방천멸진의 축을 뒤흔든 엽무백의 기습과 풍산왕이 이끌고 온 결사대의 돌격전이 주효한 탓이었다.

그 무렵 풍산왕과 결사대가 적진을 난도질하는 사이 잠시 물러나 기력을 다시 회복한 엽무백은 압도적인 무위로 살계를 열어갔다. 그러다 마침내 적진을 정중앙까지 뚫고 들어가 사방천멸진의 축이랄 수 있는 곳에 이르렀다.

그곳에 또 다른 한 사람이 정도무림의 결사대를 상대로 무시무시한 살계를 열고 있었다. 장대한 체구에 전신을 뒤덮은 황금 갑옷, 오십 근은 족히 될 법한 언월도를 든 그는 좌방에서 달려드는 정파의 무인 삼 인을 일도에 베어버린 후 우방에서 떨어지는 장검을 막 막아서는 중이었다. 장검은 주인은 다름 아닌 한백광이었다.

따앙!

둔중한 쇳소리와 함께 막강한 경파가 사방으로 몰아쳤다. 놀랍게도 한백광은 무려 다섯 걸음이나 주르륵 밀려난 끝에 겨우 멈춰 설 수 있었다.

무당 최강의 신공 태청강기(太淸罡氣)의 진력을 가득 담은 한수로도 그는 언월도를 든 노인을 단 한 발자국도 움직이게 만들지 못했다.

"하아! 하아……!"

한백광이 가쁜 숨을 몰아쉬었다.

왼쪽 옆구리와 어깨에서는 적지 않은 출혈까지 있었다.

상처의 크기로 볼 때 언월도를 든 노인과 제법 여러 합을 나눈 것 같았다.

노인은 유마궁의 궁주 우청백이었다.

"한백광, 비켜!"

엽무백이 착 가라앉은 음성으로 말했다.

우청백이 고개를 꺾어 엽무백을 바라보았다.

뒤늦게 엽무백을 발견한 그의 눈동자에 기광이 맺혔다.

"물러나라니까!"

엽무백이 언성을 높였다.

눈동자는 여전히 우청백을 향한 채로였다.

말만 앞세우고 다가서지 못하는 것은 한백광과 우청백의 거리가 너무나 가까운 반면, 자신은 멀리 떨어져 있기 때문이다. 이 상황에서 돌진하면 우청백이 먼저 손을 쓸 것이고, 그러면 이미 상처까지 입은 한백광의 목숨을 장담할 수가 없다.

"그의 손에 내 사제 여섯이 죽었소."

"……!"

여섯 사제는 무당육검을 말하는 것이었다.

한백광과 함께 무당의 미래라고 불리던 여섯 명의 젊은 검사, 세인들은 그들을 일컬어 무당칠검이라고 했다.

무당칠검의 맏형인 한백광이 유일하게 살아남아 죽은 사제들의 복수를 하려는 중이었다. 이 순간 한백광에게 죽고 사는 것은 의미가 없었다.

이기고 지는 것도 의미가 없었다.

그는 다만 사제들을 지켜주지 못한 대사형으로서의 도리를 뒤늦게나마 하려는 것이다. 엽무백은 한백광이 이 순간을 위해 지금까지 달려왔음을 느낄 수 있었다. 하지만 한마디 하지 않을 수 없었다.

"당신이 죽으면 무당파의 맥이 끊어진다."

"청명에게 무당파의 비급이 숨겨진 장소를 말해두었소. 뒷일을 부탁하오."

말과 함께 한백광이 신형을 쏘았다.

엽무백도 동시에 바닥을 짧게 박찼다.

격보(擊步), 위력보다는 순간적인 발력으로 속도를 뽑아내는 신법이다. 그보다 앞서 흡사 미풍에 낙엽이 흩날리는 듯한 부드러운 궤적과 함께 한백광의 검로가 우청백을 향해 쇄도했다.

언뜻 보면 느리게도 느껴지는 그 검로와 너무나 어울리지 않는 막강한 검기가 수십 개의 가닥으로 돌변했다.

칠십이초요지유검(七十二招繞指柔劍), 태극검(太極劍)이 무당산에 무당이라는 검문을 뿌리내리게 만든 줄기라면 칠십이초요지유검은 그 줄기에서 뻗어 나온 가지, 다시 그 가지에서 만개한 꽃이다.

그야말로 무당 검류의 정화라 할 수 있는 검법.

수십 가닥의 검기가 우청백의 전신을 휘감아 갔다.

우청백의 언월도가 허공으로 치솟았다.

퍼퍼퍼퍼퍼퍽!

불꽃이 터지는 굉음과 함께 수십 가닥의 검기는 흔적도 없이 사라져 버렸다. 한백광이 마지막 남은 진력을 모두 쥐어짜 뽑아낸 검기 다발을 거미줄 걷듯 걷어버린 우청백의 언월도가 그대로 돌진했다. 그 궤적의 연장선에 한백광의 상박이 있었다.

스칵!

섬뜩한 살음과 함께 번쩍이는 섬광이 한백광의 가슴을 가르고 지나갔다. 좌상박으로 솟구쳐 흐르던 우청백의 언월도가 돌연 방향을 꺾어 한백광의 정수리 위로 뚝 떨어져 내렸다. 그 궤적의 연장선에 이번엔 엽무백이 장창을 찔러 넣었다.

떠엉!

흡사 고찰의 범종이 깨지는 듯한 굉음이 천지를 울렸다.

짜르르 울리는 진동과 함께 엽무백의 손에 들려 있던 장창은 육중한 충격을 견디지 못하고 바닥으로 처박혀 버렸다.

그사이 한백광은 제풀에 바깥으로 밀려났다.

바닥에 박힌 장창을 축으로 허공에서 반 바퀴 공중제비를 돌고 떨어진 엽무백은 질풍처럼 돌아서며 우청백과 대치했다.

힐끗 고개를 꺾어보니 서너 걸음을 물러나 망연자실한 표정으로 서 있는 한백광의 가슴에서 핏물이 콸콸 쏟아지고 있었다.

"한 형!"

뒤늦게 장내에 도착한 청명이 소리쳤다.

비슷하게 도착한 문풍섭과 풍산왕 등도 눈앞에서 벌어진 광경에 놀라움을 금치 못했다. 한백광은 그새 털썩 무릎을 꿇더니 앞으로 고꾸라져 버렸다. 그가 쓰러진 바닥에서 홍건한 핏물이 흘러나왔다.

한때 무림을 떨어 울렸던 무당의 젊은 검사는 그렇게 죽었다.

"모두 물러나시오."

엽무백이 말했다.

전에 없이 차가운 음성.

풍산왕의 신호로 사람들이 물러나기 시작했다.

방원 십여 장의 공간이 생긴 가운데 엽무백은 우청백과 단둘이 마주 서게 되었다.

"적도의 수괴가 다 되었구나."

우청백이 말했다.

아래로 늘어뜨린 그의 언월도에서는 아직 식지 않은 한백광의 피가 뚝뚝 떨어져 내렸다.

엽무백은 말없이 발끝으로 호선을 그리며 오른발을 바깥으로 옮겨 디뎠다. 동시에 왼발은 뒤로 빼고 양어깨를 우청백을 향해 비스듬히 틀었다. 그 모습을 유심히 지켜보던 우청백의 눈동자에 또 한 번 기광이 맺혔다.

"풍륜(風輪)? 벌써 구성을……!"

순간, 엽무백의 신형이 폭풍처럼 회오리치며 공간을 가로질렀다. 발밑에서 솟구친 고원의 흙바람이 순식간에 우청백을 덮쳤다.

우청백의 언월도와 엽무백의 장창이 그 돌풍 속에서 격돌했다. 장병(長兵)과 장병, 중병(重兵)과 중병의 격돌은 엄청난 굉음을 동반한 벼락을 연달아 뿜어댔다. 돌풍 속에서 번쩍번쩍 치는 벼락의 경파에 사람들은 적아를 막론하고 심장이 진탕되는 듯한 충격을 느껴야 했다.

그러다 어느 순간 돌풍이 씻은 듯 사라졌다.

그리고 나타난 모습은 가히 충격적이었다.

단정하게 묶어 상투를 틀었던 우청백의 머리카락이 산발로 터져 나가 있었다. 신령스런 은발을 나부끼며 십 척 오십 근에 달하는 언월도를 맹렬하게 휘두르는 그의 모습은 하늘에서 떨어진 신장(神將)이 따로 없었다.

사람들은 간담이 서늘해졌다.

외궁 팔마궁의 한 곳, 유마궁의 궁주에게서 뿜어져 나오는 신위는 그토록 대단했다.

무슨 술수를 부렸는지 우청백의 상투를 잘라 버리는 신기를 보인 엽무백은 눈앞에 펼쳐진 상황과는 달리 연거푸 뒷걸음질을 치고 있었다. 흡사 하늘에서 천년거암 수십 개가 동시에 떨어지는 듯한 우청백의 맹공을 감히 정면으로 받아내지 못하는 까닭이다.

'속임수가 아니다!'

풍산왕과 왕 장로의 머릿속에 동시에 떠오른 생각이었다. 엽무백은 우청백을 경동시키기 위해 일부러 몸을 빼는 것이 아니다. 그는 정말로 우청백의 언월도를 받아내지 못하고 있었다.

풍산왕과 왕 장로는 우청백의 가공할 신력에 혀를 내둘렀다. 패력을 추구하는 유마궁의 무학답게 우청백이 휘두르는 언월도에는 강호의 싸움이라면 산전수전을 다 겪은 두 사람으로서도 평생 보지 못한 거력이 담겨 있었다. 팔마궁의 서열이 무공의 고하를 기준으로 한 것이 아니라는 강호의 풍문이 실감 나는 순간이었다.

풍산왕과 왕 장로와는 달리 엽무백이 밀리는 모습을 단 한 번도 보지 못한 문풍섭, 칠성개, 청성오검, 법공, 당소정, 조원원 등은 눈앞에 펼쳐지는 저 광경을 쉬이 믿기 어려웠다. 새삼 무신이라 불리는 자들의 높다란 장벽을 실감했다.

그 순간 더욱 곤란한 일이 발생했다.

차차창!

이질적인 음향과 함께 엽무백의 창날이 폭탄을 맞은 것처럼 터져 나가 버렸다. 부러지거나 떨어져 나가는 것이 아니라 터져 나가 버렸다. 격돌의 순간 창날에 집중된 우청백의 거력을 견디지 못한 것이다.

사람들은 몰랐지만 엽무백의 장창에 장착된 창날은 아미파의 해월신니(海月神尼)가 쓰던 제마십창(制魔十槍)의 창두다. 그 사실을 아는 당소정의 놀라움은 누구보다 클 수밖에 없었다.

그때 문풍섭과 몇 사람이 나서서 합공을 하려고 했다.

풍산왕이 재빨리 한 손을 뻗어 그들을 막았다.

"물러나게!"

"어르신!"

"많은 사람이 보고 있네."

"……?"

"두 사람이 펼치는 생사대전의 결과에 따라 짧게는 지금 치르는 전투의 향배가, 길게는 향후 마교와 치러야 할 전쟁의 승패가 달려 있네."

사람들은 풍산왕의 말을 즉각 알아들었다.

지금 우청백과 엽무백의 싸움은 두 사람만의 싸움이 아니다. 작게는 고원에 집결한 수천 명의 목숨이 달렸고, 크게는 무림의 운명이 달렸다. 말할 수 없이 불안하고 초조하지만 사람들은 물러날 수밖에 없었다.

그사이 창날을 잃은 엽무백의 창간은 유성우처럼 쇄도하는 우청백의 언월도를 급박하게 막아내고 있었다. 하지만 그는 끝내 창을 분절하지도 못했으며, 곤 속에 든 검 두 자루를 뽑아내지 못했다. 그러기엔 우청백의 언월도가 너무나 빠르고 너무나 육중했다.

그러다 어느 순간 그나마 남아 있던 창간마저 중단이 터져 나가 버렸다. 정수리를 향해 무시무시한 기세로 떨어지는 언월도를 창간으로 막으려다 발생한 불상사였다.

이 느닷없는 사고는 뜻밖에도 엽무백에게 절호의 기회를 선사했다.

창간을 부러뜨린 언월도가 하박으로 떨어지는 순간, 엽무백은 황급히 격보를 펼쳐 전권에서 몸을 뺐다. 동시에 분절된 그의 두 자루 곤으로부터 검이 뽑혀 나와 우청백의 좌우로 쇄도했다.

우청백의 언월도는 갑자기 꺾이더니 도저히 이해할 수 없는 빠르기로 솟구쳐 올라 검 한 자루를 또다시 박살 내버렸다.

깡!

맑은 쇳소리와 함께 두 동강 난 검신이 어지럽게 튕겨 오르는 순간 두 번째 검이 우청백의 중단을 찔러갔다. 우청백의 언월도는 이번에도 벼락처럼 방향을 꺾어 엽무백을 향해 뻗었다.

엽무백의 검극과 우청백의 언월도가 아슬아슬하게 어긋나며 서로를 향해 찔러 들어갔다. 이대로 가면 동귀어진. 하지만 엽무백과 우청백 모두 죽음을 두려워하지 않았다. 이런 순간엔 배짱이 작은 자가 죽는다.

물론 항상 그런 것은 아니다.

더러 배짱보다 비상한 머리를 가진 자가, 귀신같은 몸놀림을 가진 자가, 번개같은 판단력을 가진 자가 이기기도 한다.

엽무백은 철판교의 수법을 펼쳐 상체를 급박하게 꺾었다. 쭉 뻗은 우청백의 언월도가 그의 앞가슴을 아슬아슬하게 가르고 지나갔다. 엽무백은 상체를 꺾던 그 동작 그대로 공중제비를 돌았다. 힘차게 궤적을 그리는 그의 발끝에 우청백의 손목이 걸렸다.

빽!

둔중한 타격음과 함께 우청백의 손목이 흔들렸다.

엽무백은 전문가였으므로 발끝에 전해지는 느낌만으로 우청백의 팔뚝이 부러졌음을 알 수 있었다. 순식간에 언월도를 무력화시킨 엽무백은 천근추의 수법으로 바닥에 착 떨어졌다.

우청백의 좌권이 엽무백의 머리 위에서 파공성을 일으키며 스쳐 가는 순간, 엽무백은 다시 한 번 풍륜의 수법을 발휘, 좌각을 질풍처럼 휘둘렀다. 그 궤적에 우청백의 두 다리가 걸렸다.

뻐뻑!

우청백의 발목이 비정상적인 각도로 꺾였다.

이번에도 부러진 것이다.

육중한 타격을 이기지 못한 우청백의 몸이 한순간 허공으로 떠올랐다. 정확하게 말하면 그건 떠오른 것이 아니라 쓰러지는 과정에서 생겨난 한순간의 체공이었다.

그때 엽무백의 우각이 우청백의 측두부를 힘차게 강타했다.

뻑!

이 찰나의 순간 사람들이 본 것이라곤 솟구치는 언월도, 갑자기 쓰러지는 우청백의 장대한 체구, 그리고 무언가에 맞아 사정없이 꺾이는 그의 머리통이었다.

털썩하는 소리와 함께 쓰러진 우청백의 사지는 그야말로 만신창이가 따로 없었다. 머리카락은 풀어 헤쳐져 산발이었고, 한쪽 팔과 두 다리는 제멋대로 부러져 너덜거렸다. 무엇보다 그의 안면이 흡사 거대한 망치에라도 맞은 듯 크게 함몰

되어 있었다.

이대로 놔두어도 죽음을 면치 못한다.

하지만 엽무백은 그에게 편안한 죽음을 허락하지 않았다. 우청백을 향해 성큼성큼 걸어간 엽무백은 두 자루 철곤을 높이 들었다. 그리고 그 어떤 동요도, 질문도 하지 않은 채 우청백의 가슴에 박았다.

푹푹!

새빨간 핏물이 터지면서 우청백의 가슴이 한차례 허공으로 솟구쳤다. 죽기 직전의 마지막 움직임. 하지만 엽무백은 그마저도 허락하지 않았다. 그는 가슴에 박은 두 자루 곤을 사정없이 꺾고 비틀었다.

"꺼어……!"

우청백이 온몸이 한참이나 경련을 일으키다가 풀썩 꺼졌다. 그러곤 다시 움직이지 않았다. 외궁 팔마궁의 궁주로 수많은 무림의 정영을 지옥으로 보낸 무신은 그렇게 처참하게 죽었다.

우레와 같은 함성이 뒤를 이었다.

"와아아아!"

우청백을 잃은 마교는 더 이상 풍산왕이 이끄는 결사대의 적수가 되질 못했다. 반 시진여에 걸친 전투가 끝날 무렵 살아서 서 있는 자는 삼천이 채 되질 않았다.

그나마 구룡채로부터 나온 정도무림의 생존자들과 풍산왕이 집결시켜 둔 결사대가 대부분이었다. 온몸에 피를 흠뻑 뒤집어쓴 그들은 아직도 살아서 꿈틀거리는 적들을 찾아다니며 미치광이처럼 칼을 휘둘러댔다.

그건 장시간 이어진 전투 후에 남은 일종의 관성이었다.

또한 자신들의 모든 것을 앗아간 불구대천의 원수들에 대한 한풀이이기도 했다.

누구도 만류하는 사람이 없었다.

함께 싸우던 동료의 생사를 확인하려는 사람들도 없었다. 그저 모두가 물에 젖은 빨래처럼 축 늘어진 채로 이리저리 옮겨 다니며 학살을 자행하고 있을 뿐이었다.

엽무백은 천천히 좌중을 둘러보았다.

전투가 시작되기 전만 해도 황금빛으로 빛나던 고원의 황토는 붉게 변한 지 오래였다. 빈 땅을 찾아볼 수 없을 만큼 새까맣게 뒹구는 시체들로부터 흘러나온 피가 황토를 흠뻑 적신 탓이었다.

태어나 이토록 많은 시체를 본 것도, 이토록 많은 적을 죽인 것도, 이토록 오랜 시간을 싸워본 것도 처음이다.

피로가 한꺼번에 몰려왔다.

'오늘과 같은 싸움을 몇 번이나 더 해야 할까?'

엽무백이 이럴진대 다른 사람들은 오죽할까.

대승리를 거두었음에도 불구하고 사람들은 모두가 괴로워하고 있었다.

"자강아! 자강아!"

누군가 진자강을 부르는 소리에 엽무백은 퍼뜩 상념에서 깨어났다. 피를 흠뻑 뒤집어쓴 얼굴 사이로 두 눈만 내놓은 누군가가 미친 사람처럼 돌아다니며 진자강을 찾고 있었다. 엽무백과 눈이 마주치자 그가 한 손으로 자신의 얼굴을 쓰윽 문질렀다.

조원원이었다.

그녀가 울먹이는 소리로 말했다.

"진자강이…… 보이지 않아요."

그때 핏물을 흠뻑 뒤집어쓴 또 다른 사람이 걸어왔다. 온통 피 칠갑이어서 얼굴을 알아볼 수는 없었지만 사람들은 그가 누구인지를 이미 알고 있었다.

검편이 아홉 조각으로 나누어지는 기형 병기를 든 자는 지금 이 순간 고원을 통틀어 단 한 명밖에 없기 때문이다.

그는 당엽이었다.

지척에 이르자 당엽은 그때까지 옆구리에 끼고 있던 한 사람을 바닥에 툭 던졌다. 하늘을 향해 두 팔을 벌린 채 벌러덩 나자빠지는 사람은 진자강이었다.

"자강아!"

조원원이 서둘러 달려가 진자강에게 달라붙었다.

그녀는 검지와 중지를 모아 목에 대보는 등 호들갑을 떨었다. 하지만 맥이 힘차게 뛰는 것을 확인하고는 이내 안도의 한숨을 쉬었다.

"어떻게 된 거죠?"

조원원이 당엽을 올려다보며 물었다.

"하복부에 누군가 창을 박았는데, 그 순간 기절했소."

"목숨엔 지장이 없겠죠?"

"깊지 않소. 장기도 건드리지 않았고."

"내가 살펴볼게."

갑작스러운 목소리와 함께 얼굴에 가득 피칠을 한 또 다른 사람이 달려왔다.

당소정이었다.

그녀는 상처를 살피고 금창약을 바르는 등의 조치를 빠르게 취해 갔다. 그사이 사람들이 하나둘씩 모습을 드러냈다. 문풍섭, 칠성개, 법개, 왕 장로 등이었다. 풍산왕과 함께 오천의 결사대를 이끌던 타격대의 주장들도 속속 엽무백의 곁으로 모여들었다.

하지만 청성파의 후예로 청성오검을 이끌던 청명과 무당 칠검의 첫째이자 무당파의 유일한 생존자였던 한백광은 끝내 모습을 보이지 않았다.

누구도 입 밖으로 꺼내지 않았지만 그들이 죽었다는 걸 모르는 사람은 없었다. 그나마 한백광의 죽음은 목도라도 했거늘……

그때 피로 홍건한 볼 위로 차가운 무언가가 떨어졌다.

사람들은 고개를 꺾어 하늘을 올려다보았다.

저 까마득한 창공으로부터 하얀 무언가가 점점이 떨어져 내렸다.

누군가 외쳤다.

"눈이다!"

대설(大雪)을 사흘 앞두고 황토 고원에서 있었던 일이다.

第四章

전설이 되다

　낮부터 내리기 시작한 눈은 땅거미가 내리고도 그치질 않
았다. 붉은 피로 물들었던 고원도 이제는 순백의 세상으로 바
뀌었다.

　정도무림의 생존자들은 눈 내리는 고원에서 동료들의 장
사를 지냈다. 바람이 불면 언제든 지형이 바뀌는 이곳에서 매
장은 의미가 없다.

　사람들은 기마민족의 풍습을 따라 조장(鳥葬)을 치르기로
했다.

　그때 당소정이 뜻밖의 제안을 했다.

적들도 함께 장사를 지내주자는 것이다. 말도 안 된다며 이유를 묻는 조원원에게 당소정은 이렇게 말했다.

"그들도 형제가 있고 부모가 있을 거야."

마인도 사람이라는 뜻이다.

사람의 죽음 앞에서 적아와 정마를 따지는 것은 의미가 없다. 사람들은 각양각색의 형태로 죽은 일만 이천여 구의 시체를 일일이 한곳으로 모았다. 그런 다음 두 팔을 가슴에 모은 채 하늘을 바라보도록 눕혔다.

가능한 한 가장 존엄한 모습으로 만든 것이다.

그리고 술을 따르고 지전(紙錢)을 사르기 시작했다.

죽은 자들의 몸 위로 눈이 사박사박 쌓였다.

지금은 눈 속에 묻혀 꽁꽁 얼어붙겠지만 봄이 오고 눈이 녹으면 고원의 독수리 떼가 날아와 시체들을 잘게 쪼아 먹을 것이다.

북방의 어떤 기마민족은 용감한 전사들이 죽으면 그 영혼이 고기를 먹은 독수리에게 깃든다고 믿었다. 사람들은 기마민족의 전설처럼 동료들의 영혼이 자유롭게 훨훨 날아가기를 바랐다.

이윽고 장례를 모두 치렀을 때 풍산왕이 수뇌부 회의를 소집했다. 구룡채로부터 나온 생존자들을 대표해서는 왕 장로, 문풍섭, 청성사검, 법공, 칠성개, 당소정이 엽무백의 좌우를 차지하고 앉았다.

맞은편에는 구룡채의 채주로 위장하고 살았던 풍산왕과 역시 마적단의 우두머리로 위장하고 있던 여덟 기마대의 대주들이 자리했다.

여덟 기마대의 대주들과 자리하는 것은 처음이었다. 그들은 낮게는 오십 줄의 초로인부터 높게는 왕 장로와도 연배를 견줄 만한 노강호까지 다양했다.

가장 젊어 보이는 사람이 오십 줄이었으니 무림의 선배들이 씨가 마른 지금, 팔 인의 노강호들은 사실상 정도무림의 전대고수들이었다.

"엽무백이라 합니다."

엽무백이 팔 인의 노강호들을 향해 먼저 포권지례를 했다. 이제는 의미도 없지만, 정도와 마도를 떠나 어쨌거나 무림의 대선배들이 아닌가.

엽무백의 깍듯한 권례에 팔 인의 노강호는 흡족한 얼굴로 고개를 끄덕였다. 더불어 눈동자에는 경외(敬畏)의 빛이 담겼다.

엽무백이야말로 장장 십 년에 걸친 마도천하의 철옹성 같은 기반을 통째로 흔들고 있는 무적의 고수다.

나이를 떠나 그런 대단한 인물이 자신들을 향해 무림의 존장을 대하듯 깍듯한 태도를 취해주니 오히려 감복하고픈 마음이 절로 들었다.

뒤를 이어 문풍섭, 법공, 청성사검, 당소정, 조원원, 진자강이 차례로 자신들을 소개했다. 사람들은 눈앞에 앉은 팔 인을 오늘 처음 보았다. 하지만 그 이름을 듣는 순간 자신들의 입에서 탄성이 흘러나올 것임을 안다.

식견이 넓고 강호의 경험이 풍부한 왕 장로는 눈앞에 있는 사람들을 이미 대부분을 알아본 모양이다.

그는 흥분과 격정으로 벌써부터 몸이 달아 있었다. 기쁨과 환희와 애잔함이 뒤죽박죽으로 엉킨 왕 장로의 얼굴을 한마디로 표현하자면 복받침이었다.

그건 맞은편에 앉은 팔 인의 노강호 역시 마찬가지였다. 죽은 줄 알았던 개방 왕 장로의 건재함을 확인한 사람들의 눈시울도 뜨거워지고 있었다.

"자자, 노인네들도 어서 각자 자신들을 소개하십시다. 우리 아이들 깜짝 놀라는 얼굴이 볼 만할 거외다."

"껄껄껄, 왕 장로 익살은 여전하십니다그려."

거친 갈의에 피갑을 덧입은 노인이 말했다.

앞서 봉황대의 고수들을 이끌었던 그는 은발을 묶어 상투를 틀고 한 손에는 한 자루 철검을 들었다. 그 모습이 부리부리한 눈매와 어우러져 무척이나 강건한 인상을 주었다.

노인은 엽무백을 비롯한 후기지수들을 돌아보며 말했다.

"반갑네. 곤륜 십칠대 제자 신일룡이라고 하네."

"섬전일도(閃電一刀) 신일룡!"

법공이 저도 모르게 탄성을 내질렀다.

그러다 까마득한 노선배의 별호와 이름을 함부로 불렀다는 것을 깨닫고 황급히 머리를 조아렸다.

"너무 놀라서 그만……. 무례를 용서하십시오."

"법공이라 했던가?"

"그, 그렇습니다."

"일광(日光) 방장에게 재밌는 제자가 하나 있다더니 자네였구만. 염려 말게. 영사와 나는 막역한 사이였다네. 내 어찌 자네의 진의를 모르겠는가."

섬전일도 신일룡은 자신보다 어질다는 이유를 들어 사제에게 문주의 자리를 양보할 정도로 배포가 큰 곤륜파의 대협객이다. 세수는 올해 팔십. 소림사의 방장이었던 일광과는 문파를 초월해 우정을 나눈 것으로도 유명했다.

법공이 소스라치게 놀란 것도 바로 사부 일광으로부터 신일룡에 대한 칭송을 끝없이 들었기 때문이다.

오죽하면 일광이 그의 제자들에게 이르길, 행여 청해를 지나는 중에 섬전일도를 만나면 이유 불문하고 사백이라 부르라고 했을까.

그렇게 많은 말을 들었으면서도 정작 법공이 신일룡을 직접 본 것은 오늘이 처음이었다.

"무림 말학이 사백을 몰라 뵙고……."

법공은 갑자기 자리에서 벌떡 일어나더니 다시 한 번 대례를 올리려 했다. 신일룡이 황급히 법공을 막아섰다.

"아서게. 여기 있는 모두가 자네들의 사부와 음으로 양으로 교분을 쌓았을 터인데, 그때마다 이렇게 번거롭게 할 참인가?"

"하지만 어찌……."

"그쯤 했으면 자네 마음은 충분히 알겠네. 늙으면 무릎 한 번 펴고 접는 것도 쉬운 일이 아니라네. 껄껄껄."

"지당한 말씀. 젊은 중은 그만 자리에 앉아라."

왕 장로가 중재에 나섰다.

그는 빨리빨리 소개를 한 다음 그동안 못다 한 얘기들을 나누고 싶어 안달이 난 사람 같았다. 거듭되는 겸양에 법공은 슬그머니 자리에 앉을 수밖에 없었다.

당소정, 조원원, 진자강은 고개를 꺾어 법공을 바라보았다. 안하무인까지는 아니더라도 예법과는 담을 쌓은 법공이 누군가를 저렇게 어려워하는 모습은 오늘 처음 보았다.

사부인 일광 대사와의 인연 때문이리라.

호랑이도 제 부모는 어려워하는 법, 하물며 사람의 탈을 쓰고 태어났는데 어찌 사부의 친우를 보고 가슴이 뜨거워지지 않으랴.

　섬전일도 신일룡을 시작으로 나머지 일곱 명도 차례로 자신들을 소개했다. 장대한 키에 기둥뿌리 같은 사지를 거느린 노인은 공동파의 철담호(鐵胆豪) 양원각이었다.

　작달막한 키에 동글동글한 인상을 지닌, 하지만 아침에 있었던 전투에서 폭풍 같은 도풍으로 적진을 휩쓸던 노인은 종남파의 서우검(犀牛劍) 도남강, 턱밑에 난 붉은 수염과 이글거리는 눈동자가 불같은 성정을 느끼게 해주는 노인은 황보세가의 황보충, 탐스러운 은발의 수염에 서릿발 같은 안광을 뿜어내는 노인은 산동에서 협사로 이름을 날리던 은염객(銀髥客) 이명환, 대쪽같이 마른 체형에다 낯빛까지 거무죽죽해서 금방이라도 숨이 넘어갈 것 같은 인상의 노인은 장장 십 년에 걸쳐 강동 일대를 휩쓸며 녹림도를 소탕한 일화로 유명한 표풍신마(飄風神魔) 악송강, 관운장을 연상시키는 수염과 사납게 솟구친 눈, 굳게 다문 입술이 무척이나 고집스러운 인상을 풍기는 노인은 강서 일대의 악인들을 벌벌 떨게 했다는 냉면혈담(冷面血胆) 고육정이었다.

　마지막으로 팔 인 중 유일하게 검은 머리를 지녔으며 모두가 허름한 복장을 한 와중에도 그 나름 백의 장포로 격식을 갖추고 청건까지 두른 청수한 인상의 초로인은 놀랍게도 요동 모용세가의 가주 모용천이었다.

한 사람 한 사람의 이름이 흘러나올 때마다 문풍섭을 비롯한 젊은 고수들은 입이 떡떡 벌어졌다. 어떤 이는 일파의 장로였고, 어떤 이는 일가의 가주였으며, 어떤 이는 그런 장로와 가주들조차 어려워하는 정도무림의 협객이었다.

사람들은 가슴이 뜨거워졌다.

더불어 매화검수 문풍섭, 이제 사검(四劍)이 된 청성의 네 제자, 소림 십팔나한의 마지막 생존자인 법공, 사천당문의 영애인 당소정, 패도의 아들이자 광동진가의 소가주인 진자강, 해월루의 전인 조원원 등의 모습도 그들 노강호의 눈동자에 그득 담겼다.

사부와 사형을 잃은 젊은 사람들에게 팔 인의 노강호는 지난날 자신들의 사부와 교분을 나누던 무림의 대선배들이다.

비록 그 얼굴은 알아볼 수 없으나 사부와 동시대를 살던 무림의 선배들이라 생각하니 눈시울이 뜨거워졌다.

또 팔 인에게 이쪽의 젊은 사람들은 자신들이 잃은 제자와 혈족의 동년배들이다. 비록 사문이 다르고 피 한 방울 섞이지 않은 남이었지만 죽은 자식과 제자가 살아 돌아온 것처럼 가슴이 달아올랐다.

하지만 그 감정의 격랑 속으로 뛰어들지 못하는 사람도 있었다.

엽무백이었다.

아무리 같은 편이 되어 싸운다고는 하나 마인과 살수라는 태생적 한계를 지닌 그는 이런 상황이 어색하고 불편하기만 했다.

엽무백이 원하는 건 차후의 일을 준비하는 것이다. 서로를 소개하고 인사를 나누는 것은 그것을 보다 완벽하게 하기 위한 과정의 하나일 뿐, 나와 함께 싸우는 자가 누군지는 알아야 작전을 세우더라도 세울 수 있지 않겠는가.

그런 생각의 연장선에서 엽무백이 가장 궁금해하는 것은 풍산왕이었다. 엽무백은 전투 직전 풍산에게서 느낀 기도와 지금의 공기로 미루어 그가 결사대를 이끌고 달려왔던 팔 인의 노강호보다 배분이 높음을 직감했다.

분명 따로 신분이 있을 것이다.

"한데 귀하는 뉘신지……?"

왕 장로가 풍산왕을 바라보며 말했다.

대부분을 알아본 왕 장로에게도 풍산왕이라는 별호는 금시초문이었다. 필시 가짜로 만든 별호임이 분명한데 그렇다고 해도 저런 얼굴을 한 노고수가 있다는 얘기는 들어본 적이 없다.

좌중의 공기가 차갑게 식었다.

팔 인의 노강호들은 이제야말로 놀랄 준비를 하라는 듯 싱글싱글 웃었다. 그리고 약속이나 한 듯 일제히 침묵을 지켰다.

풍산왕은 잠시 좌중을 바라보더니 한 손으로 목덜미를 문질렀다. 그러자 엷은 가죽이 도르르 말려 올라갔다. 풍산왕은 가죽의 끄트머리를 잡고 지금까지 쓰고 있던 인피면구를 확 벗어버렸다.

풍산왕의 진면목이 백일하에 드러났다.

머리카락은 죄다 빠져 흔적을 찾을 수 없고, 검버섯 가득한 얼굴은 주름지다 못 해 줄줄 흘러내렸다. 늙었다 늙었다 해도 이렇게까지 늙은 사람을 본 적이 드문지라 사람들은 너나 할 것 없이 당황했다.

하지만 주름진 가운데 움푹 박혀 있는 눈동자에서는 한줄기 심유한 안광이 뿜어져 나왔다. 엽무백은 물론이거니와 지금 이 자리에 있는 누구도 본 적이 없는 괴인, 하지만 한 사람은 달랐다.

"이럴 수가!"

왕 장로가 느닷없이 벌떡 일어나더니 더할 수 없이 공손한 태도로 포권지례를 올렸다.

"고인을 지척에 두고도 눈이 어두워 알아보지 못하는 결례를 저질렀습니다. 무림 말학 왕 모가 노선배를 뵙습니다."

왕 장로의 나이 머지않아 팔순을 바라본다.

그의 나이쯤 되면 무림에서 더 이상 높은 배분의 인물을 찾아보기 어렵다. 더구나 정도무림의 전대고수들이 죄다 씨가 말라 버린 지금에야 더 말해 무엇하겠는가.

그런 왕 장로가 무림 말학을 자초하며 저렇듯 깍듯하게 인사를 올리는 사람은 과연 누구일까?

문풍섭, 칠성개, 청성사검, 당소정, 법공, 조원원 등의 수뇌부들은 그야말로 어리둥절한 얼굴이 되었다.

"껄껄껄, 함께 늙어가는 처지에 이 무슨 과례이오이까? 왕 장로, 참으로 오랜만이외다."

"이게 어찌 된 일입니까? 후배는 선배께서 이미 오래전에 유명을 달리하신 줄로 알고……."

"그러게 말이외다. 나도 심산에 몸을 뉘이고 먼 길을 떠날 채비를 하는데 세상이 하도 시끄러워서 말이지요. 과거 인연이 있는 몇 사람 구해주고 떠나자고 하산했다가 그만 발목을 잡혀 버렸소이다그려."

"발목을 잡혔다 하심은……?"

"왕 장로, 검군께서 바로 현 무림맹의 맹주시오."

신일룡이 끼어들어 설명을 해주었다.

"아……!"

"이 몸이 제일 늙은 죄로 잠깐 맡고 있는 거외다. 좋은 시절이 돌아오면 그땐 진짜 임자를 찾아 무림의 운명을 맡겨야 겠지요."

무림맹은 수많은 무림인이 문파를 초월해 하나로 뭉쳐 마교에 저항했던 시절의 상징과도 같다. 비록 마적단으로 위장하고 고원을 떠도는 무리로 전락했다지만 그 맥과 저항정신은 끊이지 않고 이어진 것이다.

그리고 그 무림맹을 바로 저 노인이 이끌고 있다. 신일룡은 그를 검군이라고 칭했다. 검군? 강호에 검군이라 불리던 고수가 누구였더라?

대화를 잠시 중단한 풍산왕, 아니, 풍산왕으로 역용을 하고 있던 정체불명의 노강호가 이번엔 엽무백과 젊은 고수들을 돌아보며 말했다.

"백인옥이라고 하네. 무림의 옛 친구들은 설산검군(雪山劍君)이라는 별호를 붙여주었지."

"……!"

엽무백의 얼굴이 급격하게 식었다.

설산검군 백인옥.

험준한 대설산을 넘어 천축으로 들어가는 여행객들을 통해 이따금 회자되곤 했던 정체불명의 대검호(大劍豪)다.

구주팔황과 오호사해를 정복한 희대의 거인 초공산마저도 대설산만큼은 넘보지 못하게 만들었다던 무적의 고수.

그는 오랜 세월 대설산 일대에서 펼친 협행으로 말미암아 정도무림인들에게는 숭배의 대상이었다. 하지만 그는 정마대전이 발발하기 십여 년 전 대설산 백룡애(白龍崖)에 나타난 것을 마지막으로 강호에서 홀연히 종적을 감추었다고 알려졌다.

그때 그의 세수가 무려 일백. 강호인들은 그가 세상을 하직한 줄로만 알았다. 이미 죽을 때를 넘긴 세수도 세수이거니와 더는 그를 볼 수 없었기 때문이다.

그로부터 다시 이십 년을 흘렀으니 설산검군의 나이는 무려 백이십 세에 육박하는 셈이 된다. 백이십 세를 사는 인간이 드물기는 해도 아주 없는 것은 아니다.

하지만 설산검군이 지금 이 순간 이곳에 등장한 것만큼은 세상을 발칵 뒤집을 만한 일대 사건이었다. 그것도 신궁을 팔백 리 앞둔 곳에 위치한 녹림산채의 채주 신분으로.

얼굴은 알아보지 못했어도 설산검군이라는 그 찬란한 유명만큼은 무림인이라면 누구나 안다.

뒤늦게 눈앞의 노인이 얼마나 대단한 인물인지를 알아본 문풍섭, 청성사검, 칠성개, 당소정, 조원원 등이 앞다투어 대례를 올리기 시작했다.

법공은 폴짝 솟구치더니 그대로 머리를 땅바닥에 처박았다. 어젯밤 구룡채에서 설산검군을 알아보지 못해 흠씬 두들겨 패고 기합까지 준 그는 그야말로 미치고 팔짝 뛸 노릇이었다.

"소, 소인이 죽을죄를……!"

"무엇이 죽을죄란 말인가?"

"소인이 고인을 몰라 뵙고 참으로 어처구니없는 실수를 저질렀습니다."

"자네의 눈에는 내가 힘이 없어 당한 것으로 보이나?"

"그럴 리가 있겠습니까?"

"하면 내가 자네의 권각에 고통이라도 느꼈을 것 같은가?"

"천부당만부당한 말씀이십니다."

"그럼 내가 일부러 당해주었고, 다친 곳도 없는데 무엇을 잘못했다는 말인가? 설마하니 나를 업수이 여겨서 하는 말은 아니겠지?"

"예에?"

법공은 어리둥절한 얼굴이 되었다.

쩔쩔매는 법공의 태도가 재밌었는지 곳곳에서 웃음보가 터져 나왔다. 서로의 신분을 알게 된 사람들은 처음 보는 처지에도 불구하고 존장들의 죽음에 대해 묻고, 살아온 날들에 대해 물었다.

노강호들은 갖은 고생을 하며 금사도를 찾아와 준 사람들에게 격려와 고마움의 말을 잊지 않았다. 고생을 한 것으로 치자면 모두가 마찬가지일 텐데 말이다.

저만치 떨어진 곳에서는 엽무백이 이끈 생존자들과 새로

가세한 삼천여 명의 결사대가 하나로 뭉쳐 인사를 나누고 서로의 안부를 묻고 있었다.

엽무백이 이끈 오백의 생존자 사이에서는 이따금 환호성이 터져 나오기도 했다. 새로 가세한 결사대로부터 설산검군을 비롯해 금사도를 이끌었던 수뇌부의 면면을 들은 탓이다.

"왜 지금껏 신분을 숨기셨습니까?"

엽무백이 설산검군에게 물었다.

좌중이 한순간 고요해졌다.

"처음엔 간자에게 우리의 존재가 노출될 것을 염려했기 때문이고, 다음에는 자네도 알다시피 적들이 들이닥치는 바람에 설명을 할 겨를이 없었네."

설산검군이 말했다.

엽무백의 눈매가 좁혀졌다.

설산검군은 구룡채를 찾은 사람 중에 간자가 있음을 알고 있었다. 고원에서 엽무백과 남궁옥이 나누는 대화도 모두 들었음이 분명했다.

놀라웠다.

여태 말소리가 들릴 거리까지 누군가 접근해 왔을 때 그 기척을 알아차리지 못한 적이 없거늘.

"간자라니요?"

왕 장로가 두 눈을 부릅뜨고 물었다.

"설마 우리 중에 간자가 있었다는 말씀이십니까?"

젊은 고수들도 영문을 모르겠다는 듯한 얼굴로 설산검군을 바라보았다. 하지만 설산검군은 입을 굳게 닫고는 엽무백만 응시했다. 모든 걸 엽무백에게 맡기겠다는 듯.

그러자 사람들의 시선도 덩달아 엽무백을 향했다.

당소정은 얼굴이 하얗게 질렸다.

엽무백이 대답을 않는 사이 좌중의 공기는 점점 차갑게 식어갔다. 설산검군은 간자에게 노출될 것을 염려한 나머지 자신의 신분과 결사대의 존재를 숨겼다고 했다.

그 말은 곧 구룡채를 찾은 사람들 중에 간자가 섞여 있었다는 말이 된다. 분위기로 미루어 엽무백은 뭔가를 아는 것 같은데 도통 말이 없으니 답답할밖에.

"이보게."

왕 장로가 차분한 음성으로 엽무백을 불렀다.

전에 없이 진지한 왕 장로의 목소리 때문인지 좌중의 공기가 더욱더 무겁게 가라앉았다.

"실은 남궁옥……."

당소정이 더는 참지 못하고 말문을 열었다.

순간 엽무백이 그녀의 말을 가로챘다.

"비선에 간자가 있었습니다. 그가 성군들을 빼돌려 흑월에게 넘기려 하다가 남궁옥에게 들켰지요. 제가 당도했을 때는 남궁옥이 이미 단죄를 하고 난 후였습니다."

"대체 어떤 호래자식이!"

법공은 노강호들 앞이라는 것도 잊은 채 버럭 육두문자를 내뱉었다. 하지만 그것을 꾸짖는 사람은 없었다. 함께 피 흘리며 싸운 동료를 팔아먹은 배신자에 대한 적개심은 그만큼 컸다.

"그가 누구인가?"

왕 장로가 물었다.

이번에도 묵직한 음성이었다.

동료 중에 간자가 있었다는 건, 그 간자를 이미 색출해서 처리했다고 해도 그냥 넘어갈 일이 아니었다.

"이름을 기억할 정도로 눈에 띈 자가 아니었습니다."

"그랬군. 그래서 고원에서 전투가 벌어진 거였군. 그 개자식 때문에 애꿎은 남궁옥만 죽었어. 빌어먹을!"

다시 법공이 어금니를 갈았다.

법공을 필두로 남궁옥이라는 아까운 인재를 잃은 사람들의 장탄식이 뒤를 이었다.

당소정은 고개를 돌려 엽무백을 응시했다.

그녀는 엽무백이 왜 남궁옥의 치부를 감춰주려는지 짐작할 수 있을 것 같았다.

남궁세가는 과거 비선을 만들어 수많은 정도무림인의 목숨을 구한 문파다. 그런 남궁세가의 유일한 혈족인 남궁옥은 정도무림의 생존자들에게 희망의 증거와도 같았다.

그런 사람이 배신자였다는 걸 알면 사람들이 받게 될 충격과 상실감은 말로 표현할 수가 없을 것이다.

상실감은 혼란과 서로에 불신을 가져오리라.

엽무백은 사실을 밝혀 사분오열하느니 차라리 남궁옥을 영웅으로 만들어 결속하는 쪽을 택했다.

설산검군은 강호의 경험이 풍부한 노강호답게 엽무백의 뜻을 간파했다. 그래서 사실을 밝히지 않고 엽무백에게 처리를 일임한 것이다.

엽무백은 설산검군을 바라보았다.

설산검군이 가볍게 고개를 끄덕여 주었다.

"이제 앞으로의 일에 대해 이야기를 나눠보도록 하죠. 눈발이 점점 무거워집니다."

모용세가의 가주 모용천이 말했다.

그의 한마디에 뜨겁게 달구어지던 좌중의 공기가 급격하게 식었다. 사람들은 퍼뜩 정신을 차리고 하늘을 올려다보았다. 아닌 게 아니라 눈발이 점점 거세지고 있었다. 부상자들도 많은 터에 이대로 어영부영 밤을 맞았다간 피해가 작지 않으리라.

第五章

결사대를 이끌다

"모두 소식 들으셨겠지만 비마궁주 이정갑이 천제악과 만 박을 죽이고 실권을 장악했습니다. 그가 보낸 일만의 마병이 몰살을 당한 데 이어 금사도의 결사대까지 실제로 등장했으 니 적들의 추격과 공세는 더욱 거세질 겁니다. 장차 이 환란 을 어떻게 이겨 나가야 할지 다들 의견을 내보시지요."

모용천이 말했다.

설산검군이 금사도의 결사대를 이끄는 좌장(座長), 다시 말 해 임시 무림맹의 맹주라면 모용천은 사실상 판을 짜고 움직 이는 군사(軍師) 역할을 했다.

그는 정마대전이 발발하기 이전부터 전술과 병법의 달인으로 알려졌을 뿐만 아니라, 정마대전 발발 이후에는 귀신같은 용병술로 숱한 마교 타격대의 간담을 서늘케 한 장본인이다.

오대세가가 모두 몰락하고 가주들이 죽는 와중에도 그만은 아직까지 살아서 적지 않은 식솔을 이끄는 걸 보면 얼마나 치밀한 인물인지 알 수 있다.

말은 하지 않지만 엽무백은 결사대 오천이 타고 다니는 몽고마와 피갑, 돌격창 모두 모용천에 의해 만들어진 결과물이라는 걸 짐작했다.

가마전사들의 무장과 그들의 전술을 마교를 상대로 한 전장에 적용할 수 있는 사람은 그 자신이 기마전사의 후예인 모용천밖에 없기 때문이다.

"싸워야지요."

턱밑에 난 붉은 수염과 이글거리는 눈동자가 불같은 성정을 말해 주는 노인 황보세가의 황보충이 일갈했다.

그의 말은 너무나 당연하여 사람들은 잠시 기다렸다. 무언가 더 부연 설명을 할 거라고 생각했기 때문이다.

하지만 황보충은 그것까진 생각해 보지 않았다는 듯 입을 꾹 다물었다. 말을 꺼낸 사람도, 시선을 준 사람들도 피차 어색한 분위기가 한동안 이어졌다.

당소정과 조원원은 속으로 피식 웃음을 터뜨렸다. 경륜이 풍부한 노선배들 사이에도 법공 같은 인물이 한 명 있는 모양이다. 법공이 칠순이 될 때까지 살아 있으면 딱 저런 모습이지 않을까?

"우리에게 남은 병력은 겨우 삼천이외다. 삼천으로 어찌 수만의 병력을 지닌 마교를 상대하겠소이까? 우리가 그 치욕과 수모를 견디면서 금사도를 만들고 힘을 길렀던 이유를 정녕 잊으셨단 말이오이까? 황 노사의 의기를 모르는 바는 아니나 모든 일엔 때가 있는 법, 삼천의 목숨이 달린 일이고 보면 신중을 기해야 하외다."

탐스러운 은발의 수염에 서릿발 같은 안광을 뿜어내는 노인, 은염객 이명환이 말했다.

명확하게 반대를 하는 것은 아니지만, 그렇다고 황보충처럼 싸우자는 주장도 아니었다.

당소정과 조원원은 이명환이 죽은 남궁옥을 닮았다고 생각했다. 돌다리도 두들겨 보고 건널 정도로 신중한 사람, 하지만 한번 결정이 내려지면 누구보다 앞장서서 싸울 위인.

"내 생각도 은염객과 같소이다. 삼천으로 십만을 상대하겠다는 건 바가지를 들고 바닷물을 모두 퍼내겠다는 격이외다. 지금은 싸울 때가 아니라 힘을 기를 때오이다."

장대한 키에 기둥뿌리 같은 사지를 거느린 노인, 공동파의 철담호 양원각이 말했다.

체구 때문에 누구보다 호전적인 성격을 지녔을 것 같은 그는 공동파의 장로답게 사태를 냉철하게 바라보았다.

"피하면 어디로 피한단 말이오?"

황보충이 물었다.

"피하고 들자면 방법이 아주 없는 것도 아니외다. 마교가 그동안 우리를 찾지 못한 것은 우리가 마적단처럼 고원을 떠돌았기 때문이지요. 남은 삼천의 병력을 이끌고 국경을 넘어 대막으로 들어가면 적들도 쉽게 우리를 찾지 못할 거외다. 더불어 지금 마교는 이정갑이 새로 실권을 장악하면서 적지 않은 혼란을 겪을 거외다. 그 빈틈을 잘 이용하면 충분히 시간을 벌 수 있소이다."

"제 생각은 다릅니다."

작달막한 키에 동글동글한 인상을 지닌, 하지만 아침에 있었던 전투에서 폭풍 같은 기세로 적진을 휩쓸던 노인, 종남파의 장로 서우검 도남강이 말문을 열었다.

특유의 묵직한 쇳소리 때문일까?

사람들의 시선이 모두 도남강을 향했다.

하지만 도남강은 오히려 엽무백을 한차례 바라본 후 좌중을 향해 말했다.

"다들 엽 소형제의 행로를 들으셨겠지요? 그는 병력이 적다고 해서 물러나지 않았으며 적이 강하다고 해서 포기하지 않았습니다. 우리가 그토록 기다려도 찾아오지 않던 정도무림의 생존자들이 제 발로 걸어나와 엽 소형제의 행로에 동참한 것은 바로 그것 때문입니다. 그의 용기와 기백이 사람들의 마음을 움직인 것이지요. 지금 우리에게 필요한 것은 냉철한 머리가 아니라 뜨거운 가슴입니다."

노강호들은 깜짝 놀랐다.

본시 설산검군을 비롯한 구 인의 노강호들은 한 달에 한 번 황량한 고원의 복판에서 만나 모닥불을 피우고 밤새 이야기를 나누었다.

강호의 돌아가는 사정, 각각의 안부, 앞으로의 일에 대한 논의를 위한 자리였다. 그러나 밤이 다 지나가도록 모닥불만 뒤척일 뿐 거의 말을 않는 한 사람이 있었다.

도남강이다.

오죽하면 만날 때마다 황보충이 종남의 늙은이는 오늘도 묵언수행 중인가 보다면서 놀려먹었을까?

그런 도남강이 오늘은 초장부터 말문을 열었다. 그것도 지난 십 년 동안 했던 것 중 가장 긴 말이었다.

말수가 적은 사람이 한번 입을 열면 그 말에 무게가 담기는 법이다.

좌중의 분위기가 숙연해졌다.

마교와 싸울 수 있을 만큼 힘을 길러야 한다는 명분으로 십

년을 숨어만 살았다. 하지만 마교의 힘은 점점 커졌고 달라진
건 하나도 없었다.

"저도 도 장로의 말씀에 동의합니다. 제 나이 올해 칠순입
니다. 힘을 기르는 것도 좋고 때를 기다리는 것도 좋습니다
만, 이러다가 한번 싸워보지도 못하고 늙어서 죽겠습니다그
려."

관운장을 연상시키는 수염과 사납게 솟구친 눈, 굳게 다문
입술이 무척이나 고집스러운 인상을 풍기는 노인, 냉면혈담(冷
面血胆) 고육정이 말했다.

그의 농담으로 자칫 팽팽하게 대립할 뻔했던 분위기가 훨
씬 가라앉았다.

"싸우지 말자는 말이 아니외다."

대쪽같이 마른 체형에다 낯빛까지 거무죽죽해서 금방이라
도 숨이 넘어갈 것 같은 인상의 노인, 표풍신마 악송강이 말
문을 열었다.

사람들의 시선이 다시 그를 향했다.

"다들 아시다시피 싸움이라면 이 몸도 어디 가서 빠지는 사
람이 아니외다. 도 장로의 말씀도 옳고 고 노사의 말씀도 옳
습니다. 하지만 거듭 말씀드리거니와 우리의 결정에 삼천의
목숨뿐만 아니라 수많은 문파의 명운도 함께 걸려 있다는 사
실을 잊어선 안 될 것이외다."

지금 이곳에 모인 사람 중 대부분은 일문의 마지막 후예이거나 일가의 혈족들이다. 그 자신이 유일한 전승자가 아닐지는 몰라도 한 줌도 안 되는 무맥의 전승자 중에 하나임은 확실하다.

그들이 죽으면 어떻게 되는가.

적게는 수십 년에서 많게는 수백 년을 이어져 온 각 문파의 무맥이 끊어진다.

그런 자들이 삼천이다.

삼천이 삼천 곳의 문파를 의미하지는 않지만 엄청난 숫자임은 분명했다. 삼천이 궤멸하면 정도무림의 문파들은 다시는 재기하지 못한다. 그리고 마도천하가 천 년을 이어지리라.

악송강은 바로 그것을 말하고 있었다.

당소정과 조원원은 답답했다.

노선배들의 대화가 아니라 자신들이 처한 상황이 답답했다. 지금 노선배들이 나누는 얘기는 지난날 자신들이 엽무백과 동행하면서 수없이 나누었던 얘기의 재판이다.

노선배들 역시 이번이 처음은 아닐 것이다.

그럼에도 불구하고 끝이 나지 않는 것은 모두가 틀리지 않기 때문이다. 다시 말해 마땅한 해답이 없기 때문이다.

좌중의 무거운 분위기를 뒤로하고 신일룡이 설산검군에게 물었다. 설산검군을 제외하면 그가 가장 연장자였다.

"맹주께서는 어떻게 생각하시는지요?"

사람들의 시선이 모두 설산검군을 향했다.

의견을 조율하지 못하고 갑론을박을 벌일 때는 좌장이 결단을 내려야 한다. 그래서 맹주라는 직책이 있는 것이 아닌가.

"나야 그저 상징적인 존재일 뿐인 것을요."

"맹주, 어찌 그런 말씀을……."

"겸양으로 하는 말이 아니외다. 책임을 회피하기 위해서 하는 말도 아니외다. 모두 아시다시피 우리 중 전투를 가장 잘 아는 사람은 모용 가주일 거외다. 우리가 적들에게 발각되지 않고 그나마 명맥을 유지해 온 것도 모두 여기 있는 모용 가주의 덕분이외다. 전술에 관해서라는 그의 의견을 따르는 편이 가장 나은 선택일 거라는 게 내 생각이외다."

설산검군의 말이 끊어졌다.

한데 그는 더 할 말이 있는 듯 한없이 자애로운 모습으로 사람들과 눈을 맞추었다. 그리고 조용히 말을 이었다.

"한 가지 달라진 점이 있다면 우리에게 벼락같은 축복이 하나 내려졌다는 것이지요. 바로 모용 가주 못지않은 걸출한 인물의 등장이외다. 이번엔 그의 의견도 한번 들어보는 것이 어떨까 싶소이다만……."

"제 생각도 그렇습니다."

모용천이 기분 좋게 웃으며 말했다.

그러곤 갑자기 고개를 돌려 엽무백을 바라보았다.

사람들의 시선이 덩달아 엽무백을 향했다.

더불어 사람들은 자신들이 매우 중요한 한 가지를 놓치고 있었다는 사실을 뒤늦게 깨달았다. 마교의 인물과 그들의 속성에 관한 한 누구보다 잘 아는 사람이 바로 엽무백이 아닌가.

왕 장로, 문풍섭, 칠성개, 법공, 청성사검, 당소정, 조원원, 진자강은 괜스레 의기양양해졌다. 엽무백이 전대의 노고수들에게 인정을 받는데 왜 자신들이 으쓱해지는지 모를 일이다.

엽무백은 잠시 사이를 두었다가 말을 이었다.

"앞서 고원에서 흑월의 고수 하나를 잡아 족친 일이 있습니다. 그에게서 놀라운 사실 하나를 들었습니다. 그건 팔마궁과 신궁이 격돌하는 내전에도 불구하고 마교 전체의 병력은 거의 줄지 않았다는 겁니다."

"그게… 가능하단 말인가?"

급진적인 주장을 했던 황보충이 놀란 표정으로 물었다.

"신기자라는 인물 때문입니다. 그가 놀라운 일을 해냈습니다."

엽무백은 흑월의 고수에게 들었던 신궁에서의 일을 짧고

간략하게 설명했다. 대연무장에서 십 수만의 병력이 충돌했을 당시 신기자가 한 팔을 잘라 바치면서 더 높은 목표를 위해 대동단결(大同団結)을 외쳤던 사건에 관한 것이었다.

엽무백의 말이 모두 끝났을 때 사람들은 모골이 송연한 표정을 지었다. 특히 황보충과 함께 마교를 치자고 주장했던 사람들은 안색이 파리해졌다.

그들이 싸우자고 했던 것은 내전으로 인한 혼란과 병력의 감소라는 이 절호의 기회를 놓쳐서는 안 된다고 생각했기 때문이다.

"하마터면 크게 오판할 뻔했군."

황보충이 말했다.

엽무백의 한마디에 그는 당장 한 발을 뺐다.

"결국 이번에도 거병을 하지 못한단 말인가."

황보충과 함께 진격을 주장했던 종남파의 도남강이 장탄식을 쏟아냈다.

"안타깝지만 포기하지 맙시다. 우리가 안 되면 여기 젊은 고수들이 있지 않소이까. 그들을 위해서라도 우리가 먼저 힘을 내야지요."

악송강이 말했다.

"이제 대막으로 향한다는 전제하에 다음 일을 의논해 볼 차례군요."

양원각이 말했다.

"꼭 그렇지만도 않습니다."

엽무백이 말했다.

엽무백의 제동에 장내가 갑자기 조용해졌다.

"그건 무슨 말인가?"

신일룡이 물었다.

"이정갑은 무서운 사람입니다. 그는 신궁의 혼란과 내부의 갈등으로 말미암아 생기는 힘의 방향을 바깥으로 돌리려 할 것입니다."

"힘의 방향을 바깥으로 돌린다 함은……?"

"먹이를 놓고 피 터지게 싸우던 개떼도 공동의 적이 나타나면 하나로 똘똘 뭉치는 게 인지상정이지요. 이정갑은 모든 역량을 총동원해 저와 정도무림의 생존자들을 찾아 박멸시키려 할 것입니다. 그들이 지닌 힘이라면 국경을 넘어 대막으로 들어간다고 해도 소용이 없습니다. 다시 말해 우리에게 싸울 것이냐 싸우지 않을 것이냐 하는 선택권은 처음부터 없었습니다."

노강호들은 눈을 크게 떴다.

좌중이 찬물을 끼얹은 것처럼 고요했다.

엽무백의 명쾌한 논리는 평생을 강호에서 굴러먹은 노강호들을 꿀 먹은 벙어리로 만들어 버렸다.

"모용 가주의 생각은 어떻소이까?"

설산검군이 모용천에게 물었다.

"제 생각도 엽 소형제와 같습니다."

"결국 싸워야 한다……."

설산검군이 말꼬리를 흐렸다.

앞으로 치러야 할 전투와 그로 인해 감당해야 할 피해를 생각하면 마음이 절로 무거워지는 것이다. 그런 설산검군의 고민에 엽무백이 방점을 찍어 주었다.

"이미 돌아올 수 없는 강을 건넜습니다."

"하면 어찌해야 하는가?"

"어찌할 작정이셨습니까?"

"무슨… 뜻인가?"

"금사도를 만들고 결사대를 육성한 것은 대대적인 반격을 하기 위한 준비가 아니었던가요? 하면 당연히 그에 걸맞은 작전 또한 있었을 게 아닙니까?"

순간, 설산검군 백인옥을 비롯한 구 인의 노강호들은 석상처럼 굳어버렸다. 엽무백은 지금 오래전부터 준비해 온 계획이 있냐고 묻고 있다. 한데 마땅히 대답할 말이 없었다.

처음 금사도를 만들 당시만 해도 많은 계획이 있었다. 가장 큰 줄기를 말하자면 마교의 동태를 면밀하게 살피는 한편 힘을 기르다가 언젠가 때가 무르익으면 대대적인 반격을 가하자는 것이었다.

하지만 마교는 더욱 강해져만 갔고 금사도를 찾아오는 생존자의 수는 점점 줄어들었다. 그러다 어느 순간 간자가 침투하여 비선이 몰살당하고 금사도는 공격을 받아 궤멸 직전에까지 이르렀다.

사람들이 기다리는 천시(天時)는 오지 않았다.

엽무백은 바로 그 지점을 지적했다.

사람들에게 금사도로 오라 해놓고 정작 당도를 하고 보니 아무것도 할 수 없는 이 지경에 대해 책임을 추궁하고 있었다.

왕 장로, 문풍섭, 칠성개, 청성사검, 법공, 당소정, 조원원은 간이 쪼그라드는 것 같았다. 눈앞의 노강호들은 강호의 까마득한 선배들. 내용의 옳고 그름을 떠나 엽무백의 말은 상당히 불손한 것이었다.

아니나 다를까, 신일룡이 나직하게 한마디를 했다.

"젊은 친구의 혈기가 지나치게 방장하네. 자네가 힘든 여정을 거쳤다는 건 알지만, 지난날 우리는 이미 초공산이 이끄는 십만 마병을 상대로 생사를 넘나드는 전투를 셀 수도 없이 치렀네. 그리고 그 와중에도 지금의 금사도를 만든 장본인들일세. 설마 이것이 작은 일이라고 하지는 않겠지?"

"그래서 어떡하실 겁니까? 제가 원하는 건 앞으로의 일입니다."

"이보게!"

신일룡이 언성을 높였다.

설산검군이 신일룡을 향해 고개를 가로저어 보였다. 더는 나서지 말라는 뜻이다. 신일룡은 입술을 굳게 다물며 표정을 가라앉혔다.

좌중의 공기가 차갑게 가라앉았다.

사실 엽무백이 이렇게 화를 내는 것은 금사도의 전력이 생각했던 것보다 한참 못 미치는 것에 대한 실망감 때문이었다.

병력도 적고 전술도 없고 전략도 없다.

그나마 모용천이 있어 겨우 명맥만 유지할 뿐이다. 이건 마교를 상대로 대대적인 반격을 가하기 위한 결사가 아니라 뭉쳐 어찌어찌 목숨을 부지하고 사는 도망자들에 지나지 않았다.

겨우 삼천으로 무얼 어떻게 할 수 있단 말인가.

이럴 거였으면 처음부터 그런 소문을 퍼뜨리지 말았어야 한다. 마도의 하늘 아래 살 수 없는 자, 금사도로 오라고?

말도 안 되는 소리다.

무거운 침묵이 흐른 끝에 설산검군의 입이 다시 열렸다.

"자네 말이 맞네. 지난 십 년 동안 우리는 힘을 길러야 한다는 명분 하에 숨죽이고만 있었네. 우리가 상대하기에 마교의 힘은 언제나 너무 거대했기 때문이지. 사실 마교와의 전쟁을 치르고 난 후 닥쳐올 결과를 생각하면 아무것도 할 수가 없었네. 아마도 늙은 탓이겠지."

설산검군은 잠시 사이를 두더니 좌중의 사람들을 둘러보며 말했다.

"아무래도 결사대를 이끌 진짜 임자가 나타난 모양이외다."

"맹주!"

신일룡이 놀라 외쳤다.

하지만 설산검군은 단호한 표정으로 말을 이었다.

"그는 우리 모두의 머리를 합친 것보다 마교의 속성에 대해 더 잘 알고 있는 사람이오. 더불어 마교를 상대로 연승(連勝)을 거둔 유일한 인물이외다. 이에 노부는 향후 마교를 상대로 한 전투에 관한 한 모든 권한을 그와 모용 가주에게 일임할 것이오. 또한 노부의 이런 결정에 관해 그 어떤 반박도 허락하지 않을 것이외다."

말미에 설산검군은 엽무백에게로 시선을 던졌다.

팔 인의 노강호들이 놀란 눈을 치켜떴다.

지난 몇 달간 엽무백이 놀라운 기적을 행했다고는 하나 그는 이제 이립(而立)을 바라보는 새까만 후배다.

무엇보다 그는 오늘의 마도천하를 만든 마교주 초공산의

진전을 이은 제자다. 그런 엽무백에게 정도무림의 운명을 맡겨도 되는 것일까?

하지만 사람들의 생각과 달리 모용천은 속으로 미소를 지었다. 불과 조금 전 설산검군은 결사대를 이끌 임자가 나타나면 맹주 직을 넘겨주겠다고 했다. 한데 지금은 마교를 상대로 한 전투에 관한 한 모든 권한을 넘겨주겠다고 한다.

이유가 있다.

설산검군 본인이 맹주 직을 맡고 있어야만 혹여 의견 대립이 생겼을 경우 사람들의 반박을 억누르고 엽무백을 도와줄 수 있기 때문이다. 말미에 어떤 반박도 허락하지 않을 것이라고 못을 박는 것이 그 증거다.

자신은 발목이 잡혀 임시로 맹주 직을 맡고 있는 거라고 입버릇처럼 말하지만 그는 사실 보통 비범한 인물이 아니었다.

힘을 욕심내지 않고, 자신보다는 다른 사람을 앞에 세우고, 그러면서도 힘이 필요할 때는 표 나지 않게 애써주는 사람이 바로 설산검군이다. 그런 그의 인물됨을 알기에 사람들은 그를 맹주로 모신 것이다.

사람들은 선뜻 대답을 하지 못하고 침묵했다.

그때 설산검군을 제외하면 가장 나이가 많은 섬전일도 신일룡이 말문을 열었다.

"맹주께서 그리 결정하셨다면 응당 따라야지요. 봉황대는 앞으로 엽 소형제와 모용 가주의 명을 따를 것이오."

신일룡을 필두로 팔 인의 노강호들이 일제히 자신들의 의사를 밝혔다. 하나같이 설산검군의 말을 존중하여 엽무백을 명을 따르겠다는 내용이었다.

'설산검군의 말을 존중하여'라는 말 속에 사실 그들의 복잡한 심사와 입장이 담겨 있었다. 모두가 알지만 공론화시키고 싶지는 않은 입장이었다.

마침내 모두가 말을 끝냈을 때 좌중엔 무거운 침묵이 흘렀다. 사람들의 시선은 젊고 늙음을 떠나 모두 엽무백을 향했다. 그들 모두의 시선을 대신해 설산검군이 엽무백과 모용천을 번갈아 보며 말했다.

"이제 두 사람의 혜안을 빌려주시오. 우리가 어떻게 싸워야겠소? 어떻게 싸우면 마교를 전복시킬 수 있겠소?"

"맹주께서는 제 면을 너무 세워주시는군요. 제가 그리 속이 좁아 보이시는지……?"

모용천이 얼굴 가득 함박웃음을 담으며 말했다.

"가주께서는 내가 실없는 소리나 할 사람으로 보이시오?"

"하하하, 알겠습니다. 그럼 엽 소형제와 머리를 한번 맞대어보겠습니다."

모용천은 다시 엽무백을 돌아보며 말했다.

"자네 생각을 먼저 들어봄세."

"우선 판을 흔들어야 합니다."

"그러려면 충격과 공포를 심어주어야겠지."

"그리고 모병(募兵)을 할 겁니다."

"힘을 보여주어야겠군."

"충격과 공포로 대신할 겁니다."

이 지점에서 모용천은 눈매를 좁히며 한동안 생각에 잠기더니 갑자기 무릎을 탁 쳤다.

"과연!"

사람들은 어리둥절한 얼굴로 두 사람을 번갈아 보았다. 당최 알아들을 수 없는 선문답 같은 말을 몇 번 주고받더니 두 사람의 표정이 한층 밝아졌다. 마치 정말 오랜만에 생각이 통하는 사람을 만났다는 듯한 얼굴이었다.

"이제 세부적인 작전을 말해 보게. 내 짐작이 틀리지 않는다면 자네는 이미 생각이 있는 것으로 보이네만······."

"진령을 넘어 중원으로 진격하십시오."

"진령을 넘어 중원으로?"

"삼천은 십만 마병에 비하면 조족지혈(鳥足之血)이지만, 단일 문파로서는 그 어느 곳도 상대할 수 없는 강한 힘입니다. 삼천을 이끌고 중원으로 가십시오. 그리고·마교를 섬기는 문파와 마교의 행사에 일조를 하는 자들은 가차없이 파괴하고 베어버리십시오. 그 소문을 들은 자들이 정도무림의 결사대를 만나면 오줌을 지리도록."

판을 흔들자는 것이다.

"중원 전역에는 수천 곳의 매검문이 있네. 그중 몇 곳을 친다고 대륙을 흔들어놓을 수 있을 것 같지는 않네만."

"구룡회를 아십니까?"

"비마궁에 막대한 전쟁 자금을 댄 아홉 개의 문파가 아닌가. 그중 매혈방은 자네의 방문을 받은 후 궤멸하였고 만금보는 흑월에 의해 박살이 났더랬지."

"매혈방은 다른 자에 의해 다시 일어났고, 만금보의 혈사는 처음부터 흑월에 의해 조작된 것이었습니다. 주인은 바뀌었을지언정 만금보가 지닌 자금력은 여전히 건재하지요."

"신기자의 솜씨로군. 과연."

"말씀하셨다시피 대륙 전역에는 수천을 헤아리는 매검문이 있습니다. 하지만 문도 수가 일백이 넘는 문파는 겨우 백여 곳을 헤아릴 정도지요. 구룡회는 그 백대문파 중에서도 상위를 차지하는 곳들입니다. 비마궁의 궁주가 새로운 교주가 된 지금, 사실상 구룡회가 풀뿌리 매검문들을 좌지우지하고 있을 겁니다. 그들을 치면 그 지진이 아래로 전해집니다."

"그 진동이 거대한 파도가 되어 되돌아올 수도 있네. 가느다란 견사 수백 가닥을 꼬아 튼튼한 밧줄을 만드는 법, 제아무리 보잘것없는 문파라고는 하나 마교가 동원력을 내려 하나로 뭉치면 그 힘은 상상을 초월할 걸세."

"바로 그것을 막기 위해섭니다. 실리를 위해, 혹은 살아남기 위해 마교에 영혼을 팔았지만 십 년 전만 해도 그들은 그저 평범한 중소 방파에 지나지 않았습니다. 그런 자들은 더 강한 힘이 나타나면 반드시 무릎을 꿇게 되어 있습니다."

"그들이 우리의 편이 되어줄 거라고 생각하는 건 아니겠지?"

"그럴 리가요. 하지만 마교의 편도 되어주지 않을 겁니다. 다시 말해 어느 쪽에도 힘을 실어주지 않은 채 전쟁이 끝날 때까지 기다릴 것입니다. 제가 원하는 것도 그것입니다."

"그렇게 되기만 한다면야 우리로서는 큰 힘을 덜게 되겠지. 하지만 신궁에는 십만대성회에 참석하기 위해 중원 전역의 매검문에서 상경한 병력 십만이 있네. 이정갑은 그들을 여전히 장악할 것이고, 전쟁이 시작되면 그건 고스란히 신궁의 힘이 될 것일세. 그들을 상대할 비책은 있는 겐가?"

"사람들을 끌어모아야지요."

"대륙 구석구석에는 정도무림의 생존자들이 아직 더 남아 있을 겁니다. 그들을 모두 끌어내야 합니다. 더불어 옛날 정도무림을 배신하고 마교에 일조를 했던 것처럼 마교를 배신하고 우리에게 투신하려는 매검문도 있을 것입니다. 무엇보다 마교에 상납은 하되 머리는 조아리지 않는 수만 명의 무인이 있습니다. 그들까지 모두 끌어들여야만 마교를 상대로 전쟁을 벌일 수 있습니다."

모병(募兵)이다.

"마교에 상납은 하되 머리는 조아리지 않는 수만 명의 무인? 강호에 그만한 사람들이 있단 말인가?"

신일룡이 끼어들었다.

엽무백은 모용천을 지그시 응시하며 말했다.

"가주께서는 짐작하실 것 같습니다만."

사람들의 시선이 다시 모용천을 향했다.

모용천은 잠시 고민을 하더니 조심스럽게 입을 열었다.

"마교에 상납은 하되 머리는 조아리지 않으면서 수만의 병력을 동원할 수 있는 자들이 있기는 하지요. 바로 흑도입니다."

"음······."

신일룡을 필두로 사람들이 침음을 흘렸다

"문제는 그들을 어떻게 회유할 것인가 하는 것인데······."

모용천이 말미에 엽무백을 돌아보며 말했다.

"마도천하가 된 지 어언 십 년. 아직도 많은 정도무림의 생존자들이 있다고는 하나 그들을 불러내기는 쉽지 않을 걸세. 흑도를 끌어들이는 것은 더욱 어렵겠지요. 구룡회를 치고 중원무림을 뒤흔드는 것으로 과연 이 모든 문제를 해결할 수 있을까?"

"굴종은 습관입니다. 절대 무너지지 않을 것 같던 산이 무너질 수도 있다는 것을 깨닫는 순간 사람들은 믿음이 깨지면서 오랜 굴종의 습관에서도 깨어날 것입니다. 진짜 전쟁이 시작되는 순간이지요."

"천장을 흔들기 위해선 대들보를 쳐라……."

"금사도의 등장, 일만 마병의 몰살, 거기에 구룡회의 궤멸이 더해지면 충분히 가능성이 있습니다."

엽무백과 모용천의 대화가 진행될수록 사람들은 사태를 보다 선명하게 볼 수 있었다. 더불어 엽무백의 한마디 한마디에 함부로 측량키 어려운 통찰력이 서려 있음을 느낄 수 있었다.

그건 전략과 전술을 넘어선 어떤 통치력 같은 것이었다. 노강호들은 머릿속으로 똑같은 생각을 떠올렸다.

'일대종사(一代宗師)가 될 재목이로고.'

엽무백과 모용천의 대화가 마침내 끝이 났다.

모용천은 설산검군을 돌아보며 슬며시 고개를 끄덕였다. 엽무백의 생각이 백번 옳다는 뜻이다. 설산검군은 마침내 결심을 한 듯 엽무백을 향해 힘주어 말했다.

"이제 명령을 내려주게."

명령을 내려달라?

설산검군의 이 말은 모든 권한을 엽무백에게 일임하겠다는 말을 지키기 위한 첫걸음이었다. 저 제의를 받아들이는 순간 엽무백은 삼천 결사대의 실질적인 수장이 된다.

사람들의 시선이 일제히 엽무백을 향했다.

엽무백은 선뜻 대답을 않고 그들을 응시했다.

모용천이 먼저 고개를 끄덕여 주었다.

왕 장로도 고개를 끄덕였다.

설산검군의 제안을 받아들이라는 뜻이다.

그때 당소정의 얼굴이 시야에 들어왔다.

그녀는 말없이 웃고만 있었다.

그녀의 미소가 전에 없이 편안하게 느껴졌다.

잠시 긴 숨을 들이쉰 엽무백은 마침내 결심을 했다. 그리고 묵직한 음성을 흘렸다.

"먼저 각 타격대는 아홉 곳으로 흩어져 구룡회를 치십시오. 거듭 말씀드리지만 한 줌의 자비도 베풀어선 안 될 것입니다. 그 소식을 전해 들은 매검문들이 이를 갈고 치를 떨 정도로 가차없어야 합니다. 동시에 그들로부터 빼앗은 전리품으로 새로 가세하는 병력을 무장시키십시오. 기한은 딱 보름, 이후에는 병력이 얼마가 되었든 모든 전투를 중지하고 장산(章山)에 집결한 다음 신궁으로 진격하십시오."

엽무백의 말이 모두 끝났다.

그는 이글거리는 불빛을 눈동자에 담고 좌중을 쓸어 보았다. 엽무백의 단호한 음성 때문이었을까, 아니면 신궁으로 진격하라는 한마디 때문이었을까?

사람들은 가슴이 벅차올랐다.

그때 여태 보이지 않던 당엽이 다급하게 달려왔다. 그가 좌중의 시선을 한몸에 받으며 말했다.

"이성녀가 보이질 않소."

좌중의 공기가 심하게 요동쳤다.

"어떻게 된 거야?"

엽무백이 물었다.

"쇠사슬을 자르고 탈출한 듯하오."

"그게 가능해?"

"쇠사슬이 잘린 단면으로 보아 교전 중에 흑월의 누군가가 기물(奇物)을 건네주었고, 그걸 숨기고 있다가 내가 잠깐 볼일을 보고 오는 사이에 이성녀를 먼저 도주시킨 듯하오."

당엽이 말한 기물은 소매 속에 숨길 수 있는 작은 비수 따위를 말하는 것이다. 운철로 만든 비수라면 쇠사슬을 충분히 자를 수 있다.

볼일을 보기 위한 것이라면 자리를 비운 것도 아주 잠깐일

터, 그 사이 세 명의 성군 모두가 쇠사슬을 자를 수 없었을 테니 이성녀가 먼저 탈출을 한 모양이다.

"쯧쯧쯧, 잘난 척은 혼자 다 하더니 그거 하나도 못 지키고 뭘 한 거야?"

법공이 혀를 끌끌 찼다.

노강호들 앞에서는 주눅이 들어 입도 뻥긋 못하던 그였지만 이 순간만큼은 당당했다.

당소정은 뭔가 이상했다.

애초 엽무백은 수뇌부 회의의 내용이나 결사대 사이에서 오가는 이야기를 전해지지 않도록 하기 위해 세 명의 성군을 외떨어진 곳에 두고 당엽으로 하여금 지키도록 명했다.

당엽이 수뇌부 회의에 참석하지 못한 것도 그 때문이다. 그런데 기다렸다는 듯이 이성녀가 쇠사슬을 끊고 탈출했다. 차라리 법공이라면 몰라도 당엽은 저런 실수를 할 사람이 아니다.

당소정은 엽무백을 돌아보았다.

엽무백은 적잖이 당황한 표정이었다.

적어도 지금의 상황이 이상하다는 생각은 하지 않는 것 같았다.

'내가 너무 예민한가?'

"어떡할 텐가?"

설산검군이 물었다.

"추격해야죠."

"하면 출발 시각을 조금 늦추어야겠군."

"이성녀 하나를 잡기 위해 삼천오백의 발이 묶일 수는 없죠. 먼저 출발하십시오. 제가 그녀를 잡은 후 뒤따라가겠습니다."

"그게 좋겠군."

설산검군이 뒤를 돌아보며 큰 소리로 외쳤다.

"다들 들으셨지요? 자, 출발들 합시다!"

설산검군의 말을 끝으로 사람들이 우수수 일어났다. 그들은 각자의 대(隊)가 모여 있는 곳으로 가 무장을 시키고 떠날 채비를 했다.

노강호들이 모두 빠져나가는 와중에도 몇 사람은 엽무백의 곁에서 떠나질 않았다. 당소정, 조원원, 법공, 진자강, 그리고 당엽이었다.

"똥은 엉뚱한 놈이 싸고 치우는 건 내가 치우겠구만. 젠장할. 어디야? 어느 쪽으로 갔어?"

법공이 당엽을 돌아보며 다그쳤다.

"말 좀 좋게 할 수 없어요? 당 공자가 아니었으면 이성녀가 아니라 삼성군 전체를 흑월에게 빼앗겼을 거라고요. 뭘 제대로 알지도 못하면서."

조원원이 눈을 흘기며 법공을 나무랐다.

"모르긴 뭘 몰라. 교전 중에 흑월을 물리친 걸 두고 하는 말인가 본데. 새로 잡는 것도 아니고, 이미 잡아준 놈들을 지키는 것도 못하면 어떡해? 그것도 못하면 밥도 먹지 말아야 지."

"흥, 마치 자기가 잡아다 준 것처럼 말하네."

"나한테 걸렸으면 내가 잡았지. 놈들이 엽무백한테 먼저 걸린 걸 나더러 어쩌라고."

"그날 금사도에서 이도정에게 솥을 던졌다가 일장에 나가 떨어진 사람은 누구더라?"

"뭐야! 말 다 했어!"

"다 했어요. 어쩔래요?"

조원원이 법공의 턱밑까지 걸어 들어가 목을 쭉 빼고 올려다보았다. 눈동자에는 전투적인 기세가 가득했다.

법공은 퉁방울눈을 뒤룩뒤룩 굴리며 생각했다.

'이게 왜 이렇게 당엽 편을 들지?'

그때 엽무백이 말했다.

"당엽, 일성군과 육성녀를 끌고 와라. 법공, 나와 함께 간다."

"저는요?"

조원원이 갑자기 엽무백을 돌아보며 물었다.

"당엽과 법공만 함께 가고 나머지는 결사대에 합류한다."

"그런 게 어딨어요?"

조원원은 울상이 되었다.

"탁월한 선택이었다. 말과 안장은 내가 챙기지."

행여나 엽무백의 마음이 바뀔세라 법공은 얼른 달려가 엽무백의 말과 안장까지 챙겨왔다. 약이 바짝 오른 조원원은 법공과 엽무백을 번갈아 보며 콧김을 펑펑 뿜어댔다.

"조심하세요."

당소정이 말했다.

엽무백은 말없이 고개를 끄덕여 주었다.

순간 엽무백의 입술이 미세하게 달싹거렸지만 그걸 눈치챈 사람은 없었다. 당소정의 얼굴에 살짝 긴장감이 서렸다.

엽무백이 진자강을 돌아보며 말했다.

"상처는 좀 어때?"

"괜찮아요. 창이 옆구리를 뚫고 들어오는 바람에 놀라서 잠깐 까무러쳤던 것뿐이에요."

아무렴 엽무백이 이미 숱한 실전을 치른 진자강이 창 한 자루에 놀라 까무러쳤을까. 진자강의 옆구리에는 아직도 당소정이 감아둔 광목 사이로 핏기가 비치고 있었다.

"이제부턴 스스로 지켜야 한다."

진자강은 어리둥절했다.

왜 갑자기 다신 못 볼 사람처럼 말을 하는 걸까?

하지만 엽무백에게 걱정을 끼치고 싶지 않아 당당하게 말했다.

"예, 명심할게요."

그때 당엽이 일성군과 육성녀가 탄 말을 끌고 왔다. 법공도 말을 준비해 도착했다. 엽무백은 공이 건네준 고삐를 받아 쥔 후 말에 훌쩍 올라타고는 힘차게 등자를 박찼다. 당엽과 법공은 두 명의 성군이 탄 말을 끌고 뒤를 따랐다.

다섯 필의 말이 눈 내리는 고원을 가로질러 갔다. 조원원, 당소정, 진자강은 사내들의 모습이 사라질 때까지 한참이나 지켜보았다.

第六章

육성녀(六星女)의 비밀

십병귀

　설산검군이 이끄는 결사대와 헤어진 엽무백은 고원을 가로질러 동쪽으로 향했다. 이성녀 신화옥이 신궁으로 갔을 거라는 계산하에서였다.

　하지만 한 시진이 지나도록 신화옥의 흔적을 찾지 못한 채 눈 속을 헤매었다. 밤이 깊어지자 눈은 점점 쌓여 말의 정강이까지 올라왔다.

　모용천이 건네준 몽고마는 뜨거운 콧김을 펑펑 뿜어댔지만 여전히 눈밭을 거침없이 헤치며 나아갔다.

　선비족(鮮卑族)의 후예인 모용세가는 대대로 북방에서 거

대한 목장을 운영해 왔다. 그런 모용세가의 가주가 내어준 말
이니 얼마나 튼튼한 말일 것인가.

"하늘에 구멍이라도 뚫렸나? 뭔 놈의 눈이 이렇게나 쏟아
지는지 모르겠군. 이러다간 산 채로 묻히겠어."

법공이 어깨에 내려앉은 눈을 툭툭 털어내며 투덜거렸다.
그러다 엽무백의 곁으로 말머리를 붙이며 말했다.

"그나저나 저것들은 어쩔 거야?"

엽무백은 뒤를 돌아보았다.

법공이 탄 말의 안장과 연결된 밧줄에 두 필의 말이 더 끌
려고 있었다. 그 말의 잔등에 일성군 이도정과 육성녀 소수옥
이 이중삼중의 포박을 당한 채 타고 있었다.

제아무리 내공의 고수라고 해도 뼈와 살로 만들어진 사람
인 이상 무한정 튼튼할 수는 없다. 이틀에 걸친 불면과 거듭
된 전투, 그리고 느닷없이 찾아온 강추위로 말미암아 두 사람
의 행색은 말이 아니었다.

특히 이정풍에게 일장을 맞고 바닥에 온몸을 갈아댔던 이
도정의 전신은 만신창이가 따로 없었다. 하지만 그 와중에도
멀쩡한 사지에 형형한 안광을 빛내는 걸 보면 역시 일성군이
라는 말이 나왔다.

상태가 가장 심한 사람은 소수옥이었다.

목 부위의 부상이 완쾌되지 않은 그녀는 결사대와 헤어지

기 전까지도 당소정의 치료를 받았다.

그새 상처가 곪기라도 했을까?

그녀는 유독 몸을 떨고 있었다.

금방이라도 쓰러질 것 같은 얼굴을 하고서도 그녀 역시 눈빛만은 펄펄 살아 있었다.

어쨌거나 두 사람은 부상이 매우 심각했다.

그에 반해 도주한 신화옥은 피곤하고 지쳤을 뿐 전혀 상처를 입지 않았다. 일성군이나 소수옥이 아닌 신화옥이 도주를 한 것도 그 때문이다. 셋 중에서 붙잡힐 확률이 가장 낮았으니까.

"오늘 밤이나 넘길까 걱정되는군."

법공이 말했다.

그가 이렇게 말을 하는 데는 이유가 있다.

고원의 새벽 추위는 성난 호랑이보다 무섭다. 저 상태라면 동이 떠오르기 전에 그녀는 동사하고 말 것이다.

그때 눈발을 헤치며 한 사람이 등장했다.

눈을 하얗게 뒤집어쓴 그는 당엽이었다.

"아무래도 놓친 것 같소."

"거봐, 내 그럴 줄 알았다니까."

법공이 면박을 주었다.

눈발 때문이다.

밤이 되면서 더욱 굵어진 눈발이 신화옥의 발자국을 지우고 있었다. 거기에 또 한 가지 이유가 있었다.

지금 고원에는 네 사람 외에도 많은 그림자가 있었다.

천망의 유령들이다.

파양호에서 처음 조우한 이후 천망의 유령들은 단 한시도 쉬지 않고 지겹게 따라붙고 있다.

신화옥은 벌써 천망과 조우했고, 천망은 그녀를 안전한 곳으로 빼돌렸을 것이다. 천망이 개입했다면 신화옥을 잡는 것은 틀렸다.

"얼마나 될 것 같아?"

엽무백이 물었다.

천망의 숫자에 대해 묻는 것이다.

"어림잡아도 이십여 명은 될 것 같소. 하나같이 고도의 은신술을 지닌 데다 경신공부 또한 뛰어난 놈들인지라 잡으려면 반 시진은 걸릴 것 같소."

"면적은?"

"삼백여 장."

방원 삼백여 장 내에 자신들을 추격하는 천망의 유령이 이십여 명이나 있다. 그것도 당엽조차 혀를 내두를 정도의 고수들. 아마도 황토 고원에 파견된 천망의 유령 중 최고의 솜씨를 지닌 자들로만 추려서 붙였을 것이다.

이런 고수들이 따라붙은 이유는 성균들이 인질로 잡힌 데다 그들을 끌고 가는 사람이 다른 누구도 아닌 엽무백이기 때문이다.

한데 그들 모두가 삼백여 장의 거리 안에 있다는 건 매우 비정상적인 상황이었다. 평소 천망은 가깝게는 오백여 장에서 멀게는 천여 장까지 거리를 두고 추격해 왔다.

대륙 최강의 살수 당엽에게 들켜 비명횡사하지 않기 위해서다. 그런데 오늘 놈들은 평소와 달리 너무나 가깝게 접근했다. 천망의 유령은 추격만 한다는 규율을 깨고 구출작전이라도 감행하려는 걸까?

아니다.

여기에는 그럴 만한 이유가 있다.

지금은 눈이 펑펑 쏟아지고 있었다.

아무리 밤이 깊어도 눈이 오면 반드시 발자국이 남게 마련. 그 발자국은 천망에게 훌륭한 추격의 지표가 된다.

하지만 일정한 시간이 지나면 상황이 완전히 달라진다. 눈은 발자국을 남게도 하지만 발자국을 포함한 모든 흔적을 감추기도 하기 때문이다.

삼백여 장은 지금과 같은 설량(雪量)에서 발자국이 지워지지 않고 남아 있을 수 있는 시간적 한계와도 같은 거리다.

다시 말해, 천망의 유령들은 발자국이 사라지지 않을 최장의 거리에서 추격하고 있는 것이다. 날씨가 사방에 흩어져 있던 천망의 유령들을 한곳으로 불러들인 셈이었다.

같은 이유로 엽무백은 신화옥을 놓쳤다.

재밌는 상황이지 않은가.

"어떻게 할 거야?"

법공이 물었다.

즉시 대답이 돌아오지 않자 법공이 거듭 물었다.

"지금이라도 방향을 바꿔 결사대에 합류하는 게 어때? 계집 하나 잡는다고 딱히 뭐가 달라지는 것도 아니잖아? 차라리 구룡회 놈들을 상대로 신나게 화풀이나 하자고. 응?"

반 시진을 투자해 천망의 유령 하나를 잡는다고 한들 신화옥의 행적을 알아낼 수 있을까?

어림도 없다.

놈들이 말을 해줄 리도 없거니와 설혹 말을 해준다 한들 이미 그녀는 한참이나 멀어졌을 것이다.

이제 신화옥은 포기해야 한다.

그사이 눈발은 더욱 굵어졌다.

대화를 나누느라 잠시 멈춘 사이 다섯 사람은 눈사람이 되어버렸다.

"서둘러 따라가도 내일 오전에나 합류가 가능하겠는걸."

법공이 하늘을 올려다보며 중얼거렸다.

그는 신화옥을 포기하고 결사대에 합류하는 걸 기정사실
화했다.

"이십 리 정도 동진하면 산묘가 나와. 거기서 잠시 쉰다."

엽무백이 말했다.

사방이 온통 인적이라곤 찾아볼 수 없는 눈밭인데 산묘가
나온다고? 엽무백은 허튼소리를 하는 법이 없으니 사실일 것
이다. 한데 그는 그곳에 산묘가 있다는 걸 어떻게 아는 걸까?

엽무백을 필두로 다섯 사람은 말머리를 돌려 진령이 있는
남쪽으로 향했다. 반 시진쯤 달리자 산자락 하나가 앞을 막고
섰다.

진령이다.

가파른 경사를 따라 높다랗게 솟은 산 중턱에 무언가 희끄
무레한 것이 보였다. 엽무백은 다시 그쪽으로 방향을 잡았고,
머지않아 사람들은 정말로 산묘를 만날 수 있었다.

지역이 다르면 산묘에서 모시는 신도 다른 모양이다. 굵은
통나무를 우물 정(井) 자로 켜켜이 쌓아 만든 산묘의 목옥에는
중원에선 좀처럼 볼 수 없는 괴이한 형상을 한 목상(木像)이 모
셔져 있었다.

크고 툭 튀어나온 눈에 여우의 그것처럼 뾰쪽한 귀를 가진
목상엔 알록달록한 천 쪼가리까지 주렁주렁 달려 있어 사뭇
으스스한 느낌이 들었다.

법공은 목상을 탁 쪼개더니 모닥불을 피웠다.

이어 바깥으로 나가서는 토끼 한 마리를 순식간에 사냥해 와 모닥불에 지글지글 굽기 시작했다.

"외궁의 궁주들을 얼마나 알지?"

이도정이 물었다.

엽무백은 대답하지 않았다.

이도정의 말이 다시 이어졌다.

"수많은 별이 명멸을 거듭하는 무림에서 일가를 이룬 사람들에겐 반드시 보통 사람들과는 다른 점이 있다. 그들은 과감하고 냉정하여 한번 내린 결정을 후회하는 법이 없지. 하지만 진정 그들을 비범하게 만드는 것이 무엇인지 아나? 그건 권력에 대한 광적인 집착이다. 더 큰 권력을 얻기 위해서라면 혈족의 희생조차 감수할 사람들이지."

"뭐라는 거야?"

법공이 고기를 굽다 말고 이도정을 힐끗 보았다.

하지만 이도정은 여전히 엽무백만을 응시한 채 말을 이어 갔다.

"네가 원하는 게 철무극과 불곡도라는 걸 알고 있다. 보아서 알겠지만 궁주들은 너와 협상을 할 생각이 없다. 우리를 인질로 두 사람을 구해내려 한 너의 작전은 처음부터 방향이 틀렸어. 지금도 늦지 않았다. 그들을 구하고 싶다면 우리를 풀어다오. 맹세컨대, 그들을 너에게 돌려보내 주겠다."

철무극과 불곡도는 사루(四樓), 칠당(七堂), 육대(六隊), 오원(吾園)이 모두 등을 돌리는 순간에도 마지막까지 장벽산의 편에 선 사람들이다.

금사도에서 벌어진 전투에서 혈랑삼대의 마지막 생존자는 죽어가면서 엽무백에게 그들 철무극과 불곡도가 살아 있음을 알렸다.

엽무백으로 하여금 그들을 구하러 가도록 만듦으로써 신궁이 골탕 먹기를 바랐던 것이다.

혈랑삼대의 조장 따위가 짐작하는 것을 팔마궁의 궁주들이 모를 리 있나. 하지만 팔마궁의 궁주들은 유마궁의 궁주와 일만 마병을 보냄으로써 협상의 의지가 없음을 분명히 했다.

엽무백에게 휘둘리지 않겠다는 뜻이다.

이두정은 바로 그것을 말하고 있었다.

그때 엽무백의 입에서 놀라운 말이 흘러나왔다.

"그들은 이미 죽었다."

"……!"

"……!"

"……!"

"……!"

이도정과 소수옥의 표정이 단번에 얼어붙었다. 법공도 토끼를 굽다 말고 엽무백을 돌아보았고, 모닥불을 쬐던 당엽도 눈빛이 착 가라앉았다.

"그게… 무슨 뜻이지?"

이도정이 물었다.

"출병 직전 필승의 결의를 보여주기 위해 죽였다고 하더군. 너의 아비인 비마궁주가 강력히 주장했다고 들었다."

"그럴 리가……!"

이도정의 입에서 나직한 신음이 흘러나왔다.

쉽게 협상을 하지 않을 거라는 건 짐작했다. 하지만 자신들의 안전이 엽무백에게 달려 있는 상황에서 철무극과 불곡도를 죽여 버리리라고는 상상도 하지 못했다.

"도대체 왜……?"

"혼란을 막기 위해서지."

"그게 무슨……?"

"너희가 처음 금사도에 도착했을 때 조백선, 섭대강, 우두간이 내 손에 죽었다. 그들은 적양궁, 장락궁, 유마궁주의 혈족들. 비마궁주가 남은 오성군이라도 살리겠다고 협상을 시도했다면 앞서 자식을 잃은 삼궁의 궁주들은 적잖은 불만을 품었겠지. 자신의 자식들은 죽임을 당했는데 교주라는 작자가 제 새끼 살리겠답시고 협상을 하려 하니 말이야."

엽무백이 모닥불에 장작 하나를 던져 넣느라 말이 잠시 끊어졌다.

"비마궁주는 협상을 하는 대신 철저하게 응징하는 쪽을 택했다. 철무극과 불곡도를 죽인 것은 자신의 의지를 천명하기 위함이었지. 혈족의 목숨을 포기하는 단호함을 보임으로써 그들 삼궁의 강력한 지지를 얻어냈다. 남은 사궁의 궁주들이 있었지만 제 혈족의 희생을 무릅쓰는 비마궁주의 단호한 결정 앞에 그 어떤 주장도 할 수 없었을 거야."

"……!"

이도정은 할 말을 잃었다.

아버지가 무서운 사람이라는 건 알았다.

그러나 그처럼 과감한 결정을 내렸을 줄이야.

"네 말이 맞아. 팔성군 세 명이 죽었을 때 이미 협상의 기회는 날아갔어. 멍청하게도 난 그걸 몰랐지. 내가 비마궁주를 너무 쉽게 봤어."

"이제 어쩔 셈인가?"

"벽력궁의 폭기 이십 기가 뇌옥으로 투하되었다고 한다. 굉음과 함께 뇌옥이 불구덩이로 변했고, 백여 장에 달하는 지반이 통째로 내려앉았다는군. 뇌옥에는 철무극과 불곡도 외에도 오백의 포로가 있었다. 그들 모두 철무극과 불곡도를 도와 마지막까지 장벽산의 편에 섰던 사람들이지."

당엽과 법공은 적들의 잔인함에 치를 떨었다.

한때는 같은 길을 걸었던 교의 형제들에게 어찌 그 같은 만행을 저지를 수 있을까?

마인들의 잔혹성에 새삼 소름이 끼쳤다.

"그걸… 어떻게 알았지?"

"신궁을 향해 가던 길에 부풍(扶風)에서 흑월의 살수 몇 명을 만났지. 칼로 몇 번 찔렀더니 아는 대로 불더군."

부풍이라면 엽무백이 구룡채를 떠나 신궁으로 향하다가 갑자기 방향을 바꿔 돌아온 지점이다. 사람들은 자세한 내막은 몰랐지만 철무극과 불곡도를 구하기 위해 떠났던 엽무백이 갑자기 돌아온 것이 그 일과 연관이 있을 거라고 생각했다.

이도정과 소수옥은 공황 상태가 되어버렸다. 자신들을 구원할 수는 없어도 최소한 목숨은 담보할 수 있던 유일한 무기인 철무극과 불곡도가 죽어버렸다.

이제 자신들의 목숨이 떨어질 일만 남았다.

그때 엽무백이 뜻밖의 말을 했다.

"당엽, 일성군을 풀어줘."

"……!"

당엽이 일순 얼굴을 굳혔다.

장내의 공기가 크게 술렁였다.

목을 쳐라가 아닌, 풀어줘라?

혹시 풀어준 다음에 목을 치려는 걸까?

"무슨……?"

"어서."

"알았소."

촤라라락!

당엽의 허리춤에 감겨 있던 구절총검이 뽑혔다. 그는 이도정을 향해 성큼 다가가 손목, 발목을 묶은 쇠사슬에 감았다. 그리고 구절총검을 힘껏 당기자 놀랍게도 쇠사슬이 뎅겅 잘려나갔다. 구절총검의 검편이 일종의 톱과도 같은 역할을 해서 쇠사슬을 잘라 버린 것이다.

이도정의 손목에는 아직도 사슬이 주렁주렁 매달려 있었지만 말을 타는 데는 전혀 지장이 없었다. 자유의 몸이 된 이도정은 어리둥절한 얼굴이 되었다.

"떠나라."

엽무백이 말했다.

"무슨… 뜻인가?"

"신궁으로 돌아가라."

"우리를 죽일 줄 알았는데?"

"오백이 죽었다. 겨우 너희 둘의 목숨으로 그들의 혈채를 탕감할 수 있을 거라 생각하나?"

"……!"

"산묘 주변에 몰려 있는 쥐새끼들도 함께 데려가라. 그들이 모두 사라졌다는 걸 확인하는 순간 육성녀도 풀어주겠다. 일다경이 흐른 후에도 기척이 느껴지면 육성녀의 목숨을 장담할 수 없다. 경고하건대 나를 시험하지 마라."

언감생심 엽무백의 눈을 속일 생각에 천망의 추적자 한두 명쯤 남겨두는 도박을 하지 말라는 뜻이다.

엽무백의 잔인함을 이미 여러 차례 경험한 바 있는 이도정은 그 말에 담긴 위험을 충분히 인지했다.

하지만 소수옥의 상태를 아는 그로서는 일다경조차 긴 시간이었다. 무엇보다 사매를 인질로 남겨두고 자신이 먼저 떠난다는 게 자존심이 허락지 않았다.

"내가 남겠다. 여섯째를 보내다오."

"꺼져."

말과 함께 엽무백은 벽에 등을 기대앉았다.

거침없는 엽무백의 태도에 이도정의 얼굴이 참혹하게 일그러졌다. 그는 말할 수 없는 모멸감을 느꼈다.

태산처럼 버티고 선 그의 전신에서 서늘한 살기가 발산되기 시작했다. 손으로 추려 잡은 쇠사슬에 슬그머니 강기를 주입하자 검처럼 꼿꼿해졌다.

"이 썩을 놈 좀 보소. 고맙다고 백팔 배를 올려도 모자랄 판에 무덤을 파고 자빠졌네."

걸쭉한 욕설과 함께 법공이 슬그머니 몸을 일으켰다. 한 손
엔 철곤이 단단하게 움켜쥐어 있었다. 당엽도 허리에 감은 구
절총검을 슬그머니 잡으며 일어섰다. 여차하면 폭풍처럼 튀
어 나가 요절을 낼 기세였다.

법공과 당엽의 기세에도 불구하고 이도정은 여전히 엽무
백만을 응시하고 있었다.

이도정은 정말로 갈등했다.

그는 아직 엽무백과 정식으로 손속을 나눠본 적이 없다. 하
지만 엽무백이 유마궁주 우청백과 싸우는 모습을 지켜본 후
어느 정도 무위를 간파했다.

지금도 자신이 엽무백에게 질 거라는 생각은 하지 않았다.
비마궁의 초광비검은 무적의 검공, 검 한 자루만 손에 쥐어준
다면 십 할 이긴다는 보장은 없지만 최소한 치열한 승부를 볼
자신은 있었다.

하지만 애석하게도 모든 상황이 불리했다.

자신은 검도 없고 소수옥까지 지켜야 하는 반면, 엽무백에
게는 법공과 당엽이라는 무식하고 잔인한 초절정고수가 둘이
나 더 있었다.

무엇보다 지금 싸우면 소수옥의 안전을 장담할 수가 없다.
소수옥의 앞에는 당엽이 살벌한 기도를 흘리며 자신을 노려
보고 있다. 그가 저 검을 뽑는 순간 소수옥의 목이 먼저 달아

나리라.

이도정은 결국 살기를 풀었다.

그의 전신에서 일던 막강한 살기가 흩어지면서 꼿꼿하던 쇠사슬도 다시 축 늘어졌다. 법공과 당엽도 그제야 긴장을 풀었다.

"여섯째가 죽으면 조원원과 당소정도 죽는다."

이도정이 말했다.

그의 눈에 비친 소수옥의 상태는 심각했다. 한시라도 빨리 천망과 조우해 그녀를 신궁으로 옮겨야 한다.

그런데 엽무백은 자신이 유령들을 모두 뺀 것을 확인하고서야 풀어주겠다고 한다. 그 시간이 일다경, 길다면 길고 짧다면 짧은 시간이다. 하지만 부상당한 한 사람의 목숨을 좌지우지하기에는 충분히 긴 시간이었다.

만약 그녀가 죽으면 어떻게 될까?

당연히 엽무백을 죽여 복수를 할 것이다.

하지만 그걸로 지금 엽무백을 움직일 수는 없다.

그는 어차피 죽음을 각오하고 신교에 정면으로 도전하고 있지 않은가. 반면 당소정과 조원원은 다르다. 그들을 죽이겠다고 협박하면 엽무백도 조금은 흔들릴 수밖에 없다.

게다가 두 사람은 죽이는 것은 쉽다.

밖으로 나가 천망의 유령들에게 명령을 내리면, 그들이 신교의 또 다른 살수조에 명령을 전달할 것이고, 살수조는 곧장 당소정과 조원원이 있는 결사대를 향해 전속력으로 달릴 것이다.

엽무백이 없는 틈을 타 결사대에 침투해 두 여자의 목을 베는 것은 일도 아니다. 대(隊) 하나 급의 희생을 각오해야겠지만 소수옥을 잃은 것에 비하면 아무것도 아니다.

이도정에겐 그만한 힘이 있었다.

이르면 오늘 새벽, 늦어도 내일 오전이면 두 사람의 목을 벨 수 있으리라.

이도정은 소수옥을 힐끗 바라본 후 조용히 문을 열고 산묘를 나갔다. 잠시 후 말이 지축을 울리며 사라지는 소리가 들렸다.

그가 문을 열어놓고 가버리는 바람에 눈발 섞인 찬바람이 쌩하니 불어와 묘실을 휘감았다.

"썩을 놈, 문이나 처닫고 갈 것이지."

법공이 짜증을 내며 걸어가서는 문을 쾅 닫았다. 바람 소리가 뚝 그치며 묘실은 다시 온기를 되찾았다. 대신 상상도 할 수 없는 어색한 침묵이 감돌았다.

"저놈이 약속을 지킬까?"

법공이 중얼거렸다.

엽무백은 말없이 모닥불만 뒤적일 뿐이었다.

"내가 말을 말아야지."

법공이 투덜대며 다시 모닥불 곁에 털썩 주저앉았다. 그는 토끼를 꿴 꼬챙이를 정성스럽게 돌리며 군침을 흘렸다.

눈치없는 법공과 달리 당엽은 좀 전의 상황을 간파했다. 육성녀를 건드리면 가만두지 않을 거라고 경고하던 이도정의 눈동자에 담긴 불길은 분명 열기였다.

그래서 이상했다.

비마궁과 벽력궁이 사돈이 될 거라는 소문이 파다하게 퍼졌는데 어찌하여 이도정의 열기는 신화옥이 아닌 소수옥을 향하는 것인가.

해답은 간단했다.

정략결혼의 희생양이 되어 신화옥과 혼례를 치르기는 하지만 이도정의 마음은 소수옥을 향해 있었다.

아마도 신화옥도 알지 않을까?

그럼에도 불구하고 파혼을 하지 않는 것은 신화옥 역시 이도정의 배경이 필요하기 때문이다. 장차 이정갑의 뒤를 이어 이도정이 십대 교주가 되면 신화옥은 자연스럽게 교모(敎母)가 될 것이고, 그녀의 아들은 십일대 교주가 된다.

재밌는 것은 엽무백이 그런 세 사람의 사정을 귀신같이 알고 있었다는 점이다. 엽무백은 소수옥을 인질로 잡고 있는 한 이도정이 절대로 도박을 하지 않을 거라는 걸 알았다.

이도정에게 소수옥의 목숨은 천망의 추격자 한두 명 더 붙여놓는 것으로 얻는 이득에 비할 바가 아니었으므로.

그러다 문득 당엽은 엽무백의 주변을 감도는 공기가 전에 없이 가라앉아 있다는 걸 느꼈다. 이건 무심해 보이던 평소와는 다른 모습이었다. 무언가가 그의 내면에 가득 차서 무겁게 짓누르는 듯한 느낌.

그는 분노하고 있었다.

그리고 뭔가를 준비하고 있었다.

자신에게 은밀히 일러 신화옥이 도망갈 틈을 만들어주라고 한 것도, 신화옥을 추격한다는 핑계로 결사대와 떨어져 이곳으로 향한 것도, 그리고 지금 성군들을 풀어주면서까지 지겹게 따라붙는 천망의 꼬리를 자르려는 것도 그 때문인 듯싶었다.

'피바람이 불겠군.'

당엽은 상념을 정리하고 모닥불에 장작 몇 개를 던져 넣었다.

그때 갑자기 소수옥이 픽 쓰러졌다.

엽무백, 법공, 당엽의 표정이 순간 얼어붙었다.

당엽이 재빨리 다가가 소수옥의 진맥을 짚으려 했다. 소수옥은 무슨 이유에선지 혼미한 와중에도 당엽의 손을 거칠게 뿌리쳤다. 그녀는 갑자기 상체를 벌떡 일으켜 앉으며 세 사람을 쓸어 보았다.

마치 이 정도로 쓰러질 자신이 아니라는 듯.

얼핏 보면 밤새 찬바람을 맞다가 갑자기 열기를 느끼자 잠시 현기증이 온 것처럼도 보였다.

"목의 상처를 봐주겠소."

당엽이 말했다.

"됐어요."

"살이 썩어들어 가서 경동맥을 건드리면 그땐 화타가 살아 돌아온다 해도 손을 쓸 수가 없소."

"그도 의원이야. 믿고 맡겨도 돼."

엽무백이 말을 했다.

소수옥은 더는 말하지 않았다.

당엽에게 목을 허락하지도 않았다.

한번 됐다고 말한 것으로 이미 충분하다는 듯.

"강제로 할 수도 있어."

엽무백이 엄중하게 경고했다.

"살아 있어야 인질로서 가치가 있다는 뜻인가요?"

소수옥이 엽무백을 쏘아보며 물었다.

그녀의 눈길에, 목소리에 가시가 가득 돋쳐 있었다.

하지만 엽무백은 소수옥의 말을 묵살한 채 법공을 향해 단호하게 말했다.

"법공, 여자를 묶어."

"뭘 그렇게 할 것까지야……."

법공이 슬그머니 한 발을 뺐다.

마인이라면 치를 떠는 그였지만 소수옥은 좀 달랐다. 인질로 잡혀 있는 동안에도 언제나 조용해서 말썽을 피우는 법이 없었고, 비록 적으로 만났으나 자신을 비롯한 모든 정파인들에게 꼬박꼬박 공대를 했다.

싸가지없는 신화옥과는 질적으로 달랐다.

사실 소수옥의 성품은 혼세신교 내에서도 소문이 자자했다. 그녀는 팔성군 중에서 가장 어질고 자애롭다는 평가를 받았고, 덕분에 가장 마인답지 않다는 얘기도 돌았다.

그와는 반대로 그녀가 펼치는 이화십팔만결(移花十八万訣)은 그야말로 인간이 상상할 수 있는 모든 검로를 총망라한 감각 검법이다.

그녀는 이 검공에 탁월한 재능을 보여 뛰어난 성취를 이루었다. 오죽하면 팔성군 중 이도정과 맞설 수 있는 사람은 육성녀 소수옥밖에 없을 거라는 말이 돌까.

하지만 엽무백의 일수에 당한 후 저렇게까지 고생을 하는 걸 보면 그것도 죄다 헛소문인 모양이다.

엽무백이 사납게 법공을 노려보았다.

움찔한 법공은 주저주저 일어나서는 소수옥에게 다가갔

다. 당엽이 한 손을 들어 법공을 제지하고는 다시 소수옥에게 말했다.

"결사대와 헤어지기 전 당소정이 당신을 치료하라며 약재를 주었소. 간단한 금창약이지만 지금은 당신의 생사를 가를지도 모를 영약이오. 선택은 당신이 하시오."

당소정을 언급했기 때문일까?

소수옥도 이번엔 완강하게 거절하지 않았다.

그녀의 침묵을 허락의 의미로 받아들인 당엽은 한 발짝 다가가 목덜미에 동여맨 무명천을 벗겨 냈다.

예상대로 상처가 곪아 고름이 흘러내리고 있었다. 당엽은 고름을 모두 닦아낸 후 당소정이 준 금창약을 바르고 미리 준비해 둔 깨끗한 천으로 그녀의 목덜미를 다시 감았다.

맥은 손목에서만 뛰는 게 아니다.

목덜미에서 뛰는 맥은 손목에서 뛰는 맥보다 훨씬 힘차고 정확하다.

당엽은 소수옥의 목덜미에 무명천을 감는 동안 그녀의 맥을 은밀히 살폈다. 예상대로 그녀의 상태는 심각했다. 이윽고 치료를 모두 끝냈을 때 당엽이 엽무백을 향해 말했다.

"좋지 않소."

"왜? 무슨 일 있어?"

법공이 대화를 가로채며 물었다.

당엽은 여전히 엽무백을 향해 말했다.

"당장 의원에게 데려가야 하오."

"네가 의원인데 무슨 허튼소리를 하는 거야?"

이번에도 법공이 끼어들었다.

대화는 법공이 당엽에게 물으면 당엽이 엽무백에게 대답하는 형식으로 계속 진행되었다.

"금창약이나 침 따위로 다스릴 수 있는 상황이 아니오."

"그 정도로 심각해?"

법공이 두 눈을 동그랗게 뜨고는 소수옥을 보았다. 아닌 게 아니라 가만히 앉아 있는데도 불구하고 얼굴에 땀방울이 송골송골 맺히고 있었다.

앞으로 흘러내린 머리카락은 벌써 이마에 찰싹 달라붙을 만큼 젖은 상태였다.

저 정도면 열이 펄펄 끓을 것이다.

손으로 짚어봤으면 정확히 알겠지만 외간 여자인지라 함부로 그러기도 껄끄럽다.

그사이 당엽은 엽무백을 빤히 바라보았다.

어떻게 할 건지 어서 결정을 내리라는 듯.

"풀어줘."

"뭐?"

법공이 깜짝 놀라며 엽무백을 돌아보았다.

"지금 제정신이야? 놈이 나간 지 반각도 되질 않았어. 지금 풀어주면 천망의 추격자들을 빼다가도 도로 박을 거라고."

법공이 따지는 사이 당엽은 또다시 구절총검을 뽑아 순식간에 쇠사슬을 끊어버렸다. 당황한 법공은 이쪽저쪽을 번갈아 보며 어찌할 바를 몰랐다.

그때 엽무백이 몸을 일으키며 말했다.

"말 한 필을 남겨두고 가겠다. 일다경쯤 기다렸다가 산묘를 떠나라. 산자락을 따라 서쪽으로 내려가면 마을이 있다. 오가는 사람이 제법 많은 곳이니 의원이 있을 거야. 이도정을 만나거든 잠깐 들르자고 해."

법공은 엽무백이 참 멍청한 소리를 한다고 생각했다. 지켜보는 사람도 없는데 소수옥이 자신들 좋으라고 일다경이나 기다렸다 떠나줄 리가 만무하잖은가.

"내가 당장 일사형을 뒤따라가면?"

소수옥이 착 가라앉은 음성으로 물었다.

"시간을 벌어주면 벌어주는 대로 좋고, 곧장 이도정에게 달려가면 그건 또 그것대로 좋겠지. 당신을 또 만나면 그땐 주저없이 죽일 수 있을 테니까."

엽무백의 이 말은 묘해서 소수옥의 목덜미에 검상을 아로새긴 금사도에서의 전투 당시 단칼에 죽일 수 있었음에도 불구하고 일부러 살려주었다는 것처럼도 들렸다.

소수옥의 얼굴이 붉으락푸르락해졌다.

"그럴 기회는 없을 거야!"

말과 함께 소수옥의 신형을 번쩍하고 움직였다.

앉은 자리에서 벼락처럼 솟구치는 이 수법의 이름은 축공비(縮空飛). 흡사 두 사람 사이에 있던 공간이 사라지는 듯한 환영이 펼쳐졌다.

대경실색한 법공과 당엽이 재빨리 매 발톱 같은 손을 뻗었다. 무엇이든 잡아 뜯어버리는 조공이었다.

하지만 두 사람이 움켜쥔 것이라곤 소수옥이 날아간 궤적을 따라 쭈욱 빨리는 모닥불의 불길이었다.

그 순간, 픽! 하는 소리와 함께 엽무백의 가슴에서 핏물이 터졌다. 엽무백의 가슴을 향해 쭉 뻗은 채 멈춰 선 소수옥의 한 손엔 비수가 들려 있었다.

당엽과 법공은 아연실색했다.

다 죽어가던 소수옥이 이토록 무시무시한 신법을 펼친 것도 놀랍거니와 저 비수는 또 언제 손에 넣었단 말인가.

당엽은 토끼 고기에 칼집을 낸 후 내려놓았던 법공의 비수가 사라졌음을 뒤늦게 깨달았다. 찰나의 순간 소수옥은 무시무시한 속도로 신형을 뽑음과 동시에 격공섭물의 수법을 펼쳐 바닥에 놓여 있던 비수를 손바닥으로 빨아들인 것이다.

이 놀라운 수법에 당엽은 머리가 하얗게 탈색되었다.

'내 아래가 아니다.'

육성녀 소수옥이 이토록 고강한 무예의 소유자인 줄은 미처 몰랐다.

차차창!

당엽과 법공은 뒤늦게 병장기를 뽑아들고 소수옥의 좌우를 점했다. 여차하면 등을 쪼개 버릴 듯한 살기를 펄펄 피워내면서.

상황은 묘해서 여자인 소수옥 하나를 가운데 두고 남자인 세 사람이 포위한 형국이 되었다.

소수옥은 엽무백의 가슴에 비수를 박은 채로 꿈쩍도 하지 않았다. 비수를 다시 뽑아 다른 곳을 찌르거나 저 상태에서 좌우로 가슴을 찢어버리면 엽무백은 끝장이다.

한데도 그녀는 그대로 멈춰 있었다.

어쩐 일인지 엽무백도 일절 움직임이 없었다.

소수옥의 가슴에 일장을 격증 시켜 갈비뼈를 부숴 버리거나 하다못해 비수를 잡은 손목이라도 비틀어 꺾어야 하지 않는가.

그러고 보니 그가 가슴에 일격을 허용한 것부터가 이상하다. 유마궁주 우청백을 쳐죽이는 엽무백이 아닌가.

무신도 때려눕히는 그가 아무리 기습이라 한들 부상당한 소수옥의 일격을 피하지 못한다는 건 뭔가 자연스럽지 못했다.

이해할 수 없는 상황과 침묵이 이어진 끝에 엽무백이 말했다.

"당엽, 법공을 데리고 먼저 가라."

"무슨……!"

법공이 두 눈을 희번덕거리며 엽무백을 보았다.

법공과 달리 당엽은 눈치가 빨랐다.

그는 엽무백과 소수옥 사이에 말 못할 사연이 있음을 진작부터 눈치채고 있었다. 그는 소수옥이 불을 쬘 수 있도록 모닥불에 장작을 잔뜩 던져 놓은 후 자신의 피풍의마저 벗어 모닥불 가에 접어놓았다. 그리고 법공의 소매를 잡아끌었다.

"갑시다."

법공은 거의 다 익은 토끼고기를 잽싸게 챙겨서는 당엽과 함께 바깥으로 나갔다. 묘실에는 이제 소수옥과 엽무백 두 사람만 남게 되었다.

"왜 피하지 않았죠?"

소수옥이 물었다.

말투가 갑자기 하대로 바뀌었다.

"어차피 당신은 날 죽이지 못할 거니까."

"내가 서 푼의 힘만 가하면 당신의 심장은 터지고 말아."

"그러니까. 그런데 왜 안 하고 있을까?"

"정말 죽일 거야!"

"언제부터 이화궁의 소공녀가 말만 앞세우는 허풍선이가 되었지? 당신에게 주는 마지막 기회다. 죽여라."

말과 함께 엽무백이 소수옥을 향해 한 걸음 다가갔다. 그 바람에 가슴에 박힌 비수가 반 치나 더 들어왔다.

놀란 소수옥은 비수를 찌르기는커녕 재빨리 한 걸음을 물러남으로써 엽무백과의 거리를 좀 전과 똑같이 유지했다.

이 짧은 동작 하나로 소수옥은 엽무백을 죽일 의도가 없었음을 스스로 시인하고 말았다. 소수옥은 말할 수 없는 분노와 모멸감으로 온몸을 부르르 떨었다.

엽무백이 말했다.

"어느 날 밤 벽산이 나를 찾아왔지. 그때도 오늘처럼 눈이 많이 내렸어. 무언가 좋은 일이 있는지 술이 잔뜩 취해서는 떠들어대더군. '수옥이의 이화십팔만결(移花十八万訣)이 마침내 구성의 벽을 넘었다. 이제 나조차도 백 초 이내로는 그녀를 쓰러뜨린다고 장담할 수가 없어. 놀랍지 않은가? 세상은 십 년 내에 검후(劍后)를 만나게 될 거야.' 그러곤 한참을 웃더군. 멍청한 녀석. 그렇게 떠벌리고 다니는데 누가 눈치를 못 채."

장벽산과 소수옥은 연인 사이였다.

하지만 사람들 앞에서 자신있게 말할 수 없었다. 처음엔 초공산과 팔마궁의 사이가 나빴던 탓이고, 초공산이 죽은 이후엔 팔마궁이 칠공자였던 천제악에게 모든 힘을 실어주어 반란을 획책했기에 더욱 그랬다.

팔마궁과 전쟁을 벌여야 하는 장벽산에게 소수옥은 얻지 못할 꿈이었고, 어려서부터 고아로 떠돌다가 이화궁주의 눈에 띄어 마침내 육성녀의 지위에까지 오른 소수옥에게 장벽산은 언젠가는 죽여야 할 대상이었다.

해서 장벽산은 소수옥과의 관계를 철저히 숨겼다. 사람들 앞에서는 사매 이상으로 대하지 않았고, 대련을 할 때는 오히려 더욱 엄격했다. 아무도 눈치채지 못했다.

단 한 사람, 엽무백만 빼고.

하지만 엽무백도 장벽산 앞에서는 내색하지 않았다. 언젠가는 그들 두 사람의 관계가 파탄으로 끝날 걸 알았기에. 미래가 불행한 추억은 기억하는 사람이 적을수록 좋지 않겠나.

"놈조차도 백 초 이내로는 승부를 장담할 수 없다는 고수가 세 명의 성군과 협공을 하고서도 나의 십 초를 견디지 못하더군. 왜인지 알아?"

"……!"

"처음부터 나를 죽일 생각이 없었기 때문이지."

말과 함께 엽무백은 자신의 가슴에 비수를 박아 넣은 소수옥의 손목을 덥석 잡았다. 그리고 천천히 밀어내기 시작했다.

소수옥은 지지 않으려는 듯 내력을 끌어올렸지만 엽무백의 거력을 당해내지 못했다. 이윽고 가슴에서 비수가 빠지는 순간 엽무백은 그녀를 사정없이 밀쳐 버렸다.

소수옥은 서너 걸음을 비칠거리며 물러난 끝에 바닥에 털썩 쓰러졌다. 그러고는 말할 수 없이 비통한 모습으로 어깨를 떨었다.

"그러는 당신은 왜 그를 떠났지?"

소수옥이 물었다.

목소리가 가늘게 떨리고 있었다.

엽무백은 혈도를 짚어 출혈을 멈추게 했다.

행동만큼이나 무심하기 짝이 없는 말이 흘러나왔다.

"여자가 있다고 했다."

"……!"

"자신의 아이를 가졌다고, 적들에게 쫓기고 있으니 지켜달라고 했다. 난 그 여자가 당신인 줄 알았다."

"말도 안 돼."

"맞아. 내가 속았어."

"난 이화궁의 일제자야. 그런 나를 그들이 해칠 수 있었을 리가 없잖아."

"천제악이라면 능히 그럴 수 있지."

"천제악이 나를 죽이려 했다면 비마궁의 궁주께서 두고 보지 않았을 거야. 그는 팔마궁의 수좌……."

"당신과 벽산의 관계가 밝혀진다고 해도?"

그 당시 비마궁주 이정갑은 천제악을 앞세워 장벽산과 그를 따르는 무리를 척살하고 신교를 장악하는 데 혈안이 되어 있었다.

그런 그가 장벽산과 소수옥의 관계를 알았다면 반드시 소수옥을 인질로 잡아 장벽산을 압박하려 했을 것이다. 그게 여의치 않으면 제거를 택했을 것이고.

비마궁주 이정갑의 권위 앞에서 이화궁은 그 어떤 울타리도 되지 못한다. 더구나 그 책임이 소수옥 자신에게 있다면야.

소수옥은 할 말을 잃었다.

애써 강건한 표정을 지으려 하지만 눈동자에서는 굵은 물방울이 그렁그렁 맺히고 있었다

"이제 어떻게 할 셈이지?"

소수옥이 물었다.

벗의 여자와 정인의 벗.

장벽산이 죽고 난 후 남은 두 사람의 관계는 참으로 어려웠다. 이제 어떻게 할 거냐는 소수옥의 말 속에는 이제 우리는 어떻게 되느냐는 뜻이 숨어 있었다. 그녀는 엽무백에게 이쯤에서 그만둬 달라 애원하고 있는 것이다.

엽무백은 냉정했다.

"당신이 장벽산의 여자였다고 해서 내가 달리 볼 거라는 착각은 하지 마라. 다음번에 만날 땐 주저없이 벨 것이다. 당신의 마음은 당신이 알아서 할 것."

"……!"

엽무백의 비정한 말투에 소수옥은 적잖게 충격을 받은 모양이었다. 석상처럼 굳어버린 소수옥을 뒤로하고 엽무백은 문쪽을 향해 걸어갔다. 그리고 묘실의 문을 발로 쾅 박찼다.

"억!"

짧은 단말마가 문 뒤에서 들렸다.

법공이 코피를 줄줄 흘리며 모습을 드러냈다.

몰래 엿들은 죄가 있는 법공은 따지지도 못하고 저만치 말세 필을 묶어 둔 곳을 향해 재빨리 달려갔다.

엽무백도 걸음을 옮겼다.

진작부터 말에 올라타고 있던 당엽이 고삐를 건네주며 말했다.

"아무리 상처를 입었다고는 하나 일 갑자의 내공을 지닌 여자가 그만한 추위에 맥을 못 춘다는 게 이상하지 않소?"

"……?"

"맥이 두 개였소."

"무슨… 말이야?"

엽무백의 얼굴이 차갑게 굳었다.

"뱃속에 생명이 하나 더 있다는 말이오. 두 달쯤 되었으려나? 머지않아 배가 불러올 것이오."

엽무백은 망치로 뒤통수를 얻어맞은 것 같았다.

두 달이면 신도에서 장벽산과 헤어질 무렵이다.

틀림없다.

소수옥의 뱃속에 장벽산의 아이가 자라고 있다.

이렇게 되면 자신의 여자와 아이를 지켜달라던 장벽산의 말이 사실이었던 셈이 된다.

그날 도와주겠다고 했을 때, 팔마궁의 궁주들과 성군들을 죄다 무신총에 몰아넣고 깡그리 죽여 버리자고 제안했을 때 거절을 한 것도 어쩌면 소수옥과 자신의 아이를 지키기 위한 행보였는지도 모르겠다.

엽무백은 말할 수 없이 창백한 얼굴이 되어 사묘를 돌아보았다. 흩날리는 눈발 사이로 은은한 불빛이 새어 나오고 있었다.

'그렇게 좋아했었나? 네가 가진 모든 것을 포기할 만큼?

第七章 신도(神都)로 향하다

　늦은 밤, 무장을 한 병력 삼천오백이 진령을 넘고 있었다. 삼백여 장이나 이어진 기다란 행렬이 가득 쌓이고 또 지금도 내리고 있는 눈 속을 가로지르는 광경은 사뭇 장엄하기까지 했다.

　발목이 푹푹 빠졌지만 사람들은 개의치 않았다.

　이 길이 중원무림의 탈환을 위한 길이라 생각하니 오히려 없던 힘도 생겨났다. 거기에 충분한 말까지 있으니 얼마나 다행인가.

　하지만 말을 타는 게 고역인 사람도 있었다.

진자강은 옆구리가 가려워 죽을 지경이었다.

창에 뚫린 상처를 꿰매고 약을 바른 다음 광목을 친친 감아 두었는데 하필 그 부위가 이상하게 가려웠다.

당소정은 금창약이 상처 부위를 치료하면서 생기는 현상이니 참으라고 했다. 가려움은 말이 궁둥이를 씰룩씰룩 움직일 때마다 한층 심해졌다. 진자강은 차라리 아픈 게 낫겠다고 생각했다.

'에잇, 못 참겠다.'

진자강은 고삐를 한 손으로 모으고 가느다란 나뭇가지 하나를 꺾었다. 그리고 옷을 반쯤 걷어 올려 옆구리에 감은 광목 사이로 쑤셔 넣었다. 마지막으로 실밥을 최대한 건드리지 않는 선에서 상처 부위를 슬금슬금 긁었다.

'이제 좀 살겠네.'

그때였다.

"진자강, 맞죠?"

갑작스럽게 들려온 목소리에 진자강은 고개를 들고 곁을 돌아보았다. 허리에 검을 찬 여자아이 하나가 말머리를 나란히 하며 걷고 있었다.

모자까지 달린 두꺼운 가죽옷을 입었는데, 모자 가장자리를 따라 털이 수북하게 난 사이로 그녀의 얼굴이 보였다.

열대여섯 살이나 되었을까?

삶은 달걀처럼 하얀 피부, 귀엽게 솟구친 콧방울, 별처럼 초롱초롱한 눈망울이 그렇게 예쁠 수가 없었다.

'일행 중에 저런 미녀가 있었나?'

"그렇습니다만."

"전 모용설이에요."

"모용설? 혹시 모용천 모용 가주의……."

"제 아버님 되세요."

"아, 그렇군요."

진자강은 이상한 기분이 들었다.

예쁜 여자는 정도무림의 생존자 중에도 얼마든지 있다.

멀리 갈 것도 없다.

당장 당소정과 조원원만 하더라도 한번 보면 누구나 반하지 않고는 못 배길 만큼 아름답다. 진자강은 그 두 사람과 매우 친하다.

하지만 눈앞의 모용설은 당소정, 조원원과는 또 다른 아름다움이 있었다.

뭐랄까, 밤새 이슬을 흠뻑 꽃이 망울을 터뜨리기 직전의 청초함이라고나 할까? 아마도 자신과 비슷한 또래의 여자이기에 그럴 것이다. 진자강은 동년배의 정파인을 오늘 처음 보았다.

"엽 대협과 함께 최초로 금사도 행을 한 사람이 진 공자라죠?"

"예? 예."

"그럼 그가 지금까지 싸우는 장면을 모두 보았겠네요?"

"그렇죠, 뭐."

"어땠어요?"

"뭐가 말입니까?"

"소문엔 엽 대협의 검술은 잔인하기 짝이 없다고 하던데, 정말 그런가요?"

"엽 아저씨는 잔인한 사람이 아닙니다!"

진자강이 살짝 언성을 높였다.

모용설이 눈을 말갛게 뜨고 진자강을 보았다.

그 눈을 보고 있자니 진자강은 자신이 뭔가 큰 잘못을 한 것 같다는 생각이 들었다.

"알고 보면 따뜻한 사람입니다."

"……?"

모용설은 여전히 말간 눈으로 진자강을 보았다.

눈을 찡그리지도 않고 뭐라 말을 하지도 않는 그녀를 보고 있자니 진자강은 자신이 확실히 잘못했다는 생각과 함께 입 안이 바싹바싹 말랐다.

"그, 그러니까 제 말은……."

"정말 대단하지 않아요?"

"예에?"

"적을 징치할 때는 잔인하기 짝이 없으면서 자기 사람들에게는 한없이 따뜻한 사람. 무신을 쇠몽둥이로 쳐 죽일 때의 그 박력이란!"

하늘을 올려다보며 혼잣말처럼 중얼거리던 모용설이 돌연 고개를 꺾어 진자강을 향해 말했다.

"전 진 공자가 너무 부러워요."

"제가 왜요?"

"그분이랑 친하잖아요."

"뭐… 그렇긴 하죠."

"나중에 저도 좀 소개시켜 줄래요?"

"뭘 소개까지나……."

털모자에 담긴 모용설의 얼굴이 갑자기 시무룩해졌다. 진자강은 얼른 대답했다.

"그렇게 하겠습니다."

모용설의 얼굴이 다시 환해졌다.

"그런데 지금 뭐하시는 거예요?"

말과 함께 모용설의 시선이 진자강의 옆구리를 향했다. 그때까지 작대기로 광목 사이를 쑤시고 있던 진자강은 화들짝 놀라 작대기를 뽑아 던졌다.

"아, 아무것도 아닙니다."

아무것도 아닌 게 아니다.

작대기를 서둘러 뽑으면서 하필 그 상처를 건드렸는지 광목천 사이로 금세 피가 배어 나왔다. 심한 건 아니지만 이대로 두면 광목이 꽁꽁 얼어버릴 것 같았다.

"이걸로 닦으실래요?"

말과 함께 모용설이 하얀 손수건을 내밀었다.

"……?"

"창에 찔린 곳 맞죠?"

"예에."

진자강은 풀이 확 죽었다.

엽무백은 쇠몽둥이로 무신을 쳐 죽이는데 자신은 고장 이름 모를 잡졸이 찌른 창에 맞아 허덕이고 있으니 얼마나 한심하게 볼 것인가.

"정말 대단하신 것 같아요. 옆구리에 창을 맞고도 기어이 상대가 쓰러지는 걸 보고서야 정신을 잃다니."

"예에?"

"다 봤어요, 진 공자가 싸우시는 거."

"……?"

"진짜 멋졌어요."

모용설의 볼이 갑자기 발개졌다.

그녀는 황급히 말머리를 돌리더니 앞으로 치고 나갔다.

홀로 남은 진자강은 어리둥절했다.

모용설이 화를 풀고 떠나갔음에도 불구하고 왜 이렇게 입술이 마르는지 모르겠다. 진자강은 혀로 입술을 핥은 다음 모용설이 주고 간 손수건의 냄새를 맡아보았다.

향긋한 꽃 내음이 콧속을 파고들었다.

"뭐하냐?"

"앗, 깜짝이야."

진자강은 황급히 손수건을 감추고 뒤를 돌아보았다. 조원원이 말을 재촉하며 다가오고 있었다.

"왜 이렇게 놀라?"

"아무것도 아니에요."

"아무것도 아니긴. 품속에 감춘 건 뭐야?"

"아무것도 아니라니까요."

"표정이 왜 그래? 어어, 얼굴도 빨개졌네? 솔직히 불어. 너 나한테 뭐 잘못한 거 있지?"

"제가 뭘요."

"……?"

"……."

"……?"

"추워서 그래요, 옆구리도 간지럽고."

"알았어, 그런 걸로 치자고. 그나저나 소정 언니는 어디로

간 거지? 말 몇 마리가 자꾸 피똥을 싸대는데 소정 언니가 말
도 볼 줄 아려나?'

"그는 당분간 합류하지 않을 거예요."

당소정이 설산검군에게 말머리를 붙이며 말했다.

"알고 있네."

설산검군이 말했다.

"어떻게… 아셨어요?'

"늙으면 젊어선 보이지 않던 것들이 보이는 법이라네."

당소정은 진심으로 놀랐다.

앞서 고원에서 헤어지기 직전 그녀는 엽무백으로부터 전
음을 들었다.

[당분간 결사대에 합류하지 못할 것이오. 설산검군에게 그
사실을 전하되, 내가 결사대에 합류하지 않을 거라는 사실을
사람들에게 최대한 숨기라고 하시오.]

엽무백이 진짜 원하는 것은 자신의 부재를 사람들이 알게
되는 게 아니라 적에게 전해지지 않는 것이었다. 그러려면 먼
저 아군들을 속여야 한다.

"그는 자신의 부재를 최대한 숨기라고 했어요."

"그래야겠지."

"대안을 마련해야 하지 않을까요?"

"이미 모용 가주가 조치를 취했네. 내일 아침쯤 엽무백이

보낸 향구가 날아올 것이네. 내용은 눈 때문에 길이 끊겼다. 동쪽으로 우회할 것이니 사흘 후 양곡(陽谷)에서 합류하자는 것이네."

'언제 거기까지……!'

분위기로 미루어 엽무백은 노강호들에게 자신의 부재에 관해 아무런 언질도 해주지 않았다. 그런데도 설산검군과 모용천은 엽무백의 의도를 정확히 간파하고 있었다.

새삼 강호에는 인물이 많다는 생각이 들었다.

엽무백의 부재로 걱정이 이만저만이 아니었는데 든든했다.

"대관절 무슨 일을 벌이려는 걸까요?"

당소정이 물었다.

엽무백의 의도를 간파할 정도이니 그가 하려는 일에 대해서도 뭔가 짐작하는 게 있지 않을까 해서였다.

"진짜 대들보를 치러 갔을 걸세."

"진짜… 대들보라고요?"

"왜, 걱정되나?"

설산검군이 물었다.

당소정은 그 말에 어쩐지 남녀 간의 감정을 묻는 의미가 담긴 것 같아 뭐라고 항변을 하려 했다. 하지만 이내 풀이 죽어서 대답했다.

"예."

"껄껄껄. 염려 말게. 좀 전에 천기를 살펴보니 아직은 그가 죽을 때가 아닌 듯하네."

그냥 하는 말일까?

아니면 정말로 천기를 볼 줄 아는 걸까?

당소정은 왠지 설산검군이 자신을 안심시키기 위해 장난을 치는 것 같아 심통이 났다.

설산검군은 하늘을 올려다보며 말했다.

"그나저나 저 눈은 대체 언제 그치려누."

장난친 게 맞다.

천기를 살피는 사람이 눈앞의 날씨를 못 본다는 게 말이 안 되지 않은가.

당소정은 골이 잔뜩 났다.

그러다 문득 자신이 왜 이렇게 골이 나는지 이해가 되지 않았다. 속마음을 들켰기 때문이다. 당소정은 얼굴이 발개졌다.

*　　　*　　　*

일성군, 이성녀, 육성녀가 돌아왔다.

금사도에 집결한 정도무림의 생존자들을 치기 위해 수백의 병력을 끌고 갔다가 엽무백에게 사로잡힌 지 엿새 만이었다.

그 엿새 만에 참으로 많은 일이 있었다.

팔성군 중 다섯이 처참한 죽음을 맞이했고, 유마궁주 우청백이 고원의 넋으로 사라졌으며, 일만의 마병이 몰살을 당했다.

그리고 수년 전에 궤멸시켰다고 생각했던 금사도의 결사대가 다시 등장했다. 결사대를 이끈다는 수장들의 면면은 놀랍기 그지없었다.

그들은 삼천오백의 병력을 이끌고 진령을 넘어 중원으로 진격 중이었다. 목표는 변절자에 대한 징치다. 벌써 구룡회의 몇몇 문파가 박살 났다는 소식이 들렸다.

세상 구석구석에 숨어 눈치만 보고 있던 정도무림의 생존자들이 하나둘씩 기어 나와 결사대에 합류하고 있다는 소식도 들린다.

이 모든 게 엿새 만에 벌어진 일이다.

신궁이 발칵 뒤집혔음은 물론이었다.

"설산검군이 살아 있었다라……."

이정갑이 말했다.

교주부 태사의의 새로운 주인이 된 그는 지난 엿새 동안 벌어진 여러 엄청난 일들에도 불구하고 오직 결사대와 엽무백의 행보에만 관심이 있었다.

포기했던 아들이 무사 귀환한 것에 대해서는 일절 언급하지 않았다.

또한 놀라거나 흔들리는 법이 없었다.

마치 바람이 나뭇가지를 아무리 흔들어대도 태산은 절대로 무너지지 않는다는 것처럼.

"숫자는 오천, 그중 이천이 고원에서 전투를 치르는 과정에서 죽고 남은 삼천이 정도무림의 생존자 오백과 하나로 뭉쳤습니다. 총수는 삼천오백, 그들은 다시 아홉 개의 타격대로 나누어졌고, 사흘 전 진령을 넘었습니다."

"구룡회의 몇 곳이 벌써 습격을 받았다고?"

"진령에서 가까운 천기보(千奇堡), 백검보(百劍堡), 금창방(金槍幫)이 밤사이 약탈을 당했습니다. 무사들은 단 한 명도 예외 없이 죽었고 곳간의 재물이 모두 사라졌습니다. 그리고 사라진 재물의 구 할이 기근에 허덕이던 근동의 양민들에게 풀렸습니다."

"이유가 뭐라고 생각하나?"

"무릇 사람들을 움직이려면 먼저 힘을 보여주고 다음에 먹을 것을 주어야 하지요. 적잖은 정파인들이 결사대에 가세하게 될 것입니다."

"판을 흔들고 있군."

"그렇습니다."

"충분히 예상했던 일이야."

적들은 매검문이라 부르고 신교의 교도들은 맹방(盟幫)이라 부르는, 사실상 신교의 영향력 아래에 있는 문파가 중원 곳곳에 퍼져 있다.

하지만 그들은 정도무림의 결사대를 상대로 싸울 전력이 없다. 삼천오백을 아홉 개의 타격대로 나눈다고 해도 각 사백씩이다.

피갑, 돌격창, 도검으로 무장한 채 몽고마를 타고 질주하는 사백을 상대하려면 적어도 그와 비슷하거나 두 배에 달하는 병력이 있어야 한다.

하지만 애석하게도 지금 그만한 병력을 거느린 맹방은 없다. 십만대성회에 참석하기 위해 모두 신궁으로 집결한 이후 귀환령을 내려주지 않았기 때문이다.

한마디로 지금 중원은 비어 있었다.

놈들은 그 틈을 타고 중원을 흔들고 있었다.

"두 가지 방법이 있습니다. 즉각 병단을 보내 놈들을 진압하는 것과 놈들이 날뛰든 말든 신궁에 모든 전력을 집중하는 것."

"군사의 생각은?"

"내전의 여파가 아직 가시지 않았습니다. 벼룩을 잡겠다고 파병을 하는 것보다는 집안의 혼란을 먼저 다스리소서."

"이번에도 놈에게 패할까 두려운가?"

유마궁주가 일만의 마병을 이끌고 갔다가 몰살을 당한 걸 두고 하는 말이다. 그 일로 강호가 온통 들썩이고 있는데 또

패배를 한다면 그땐 정말로 걷잡을 수 없게 된다.

"놈이 결사대에 합류했다는 보고를 아직 받지 못했습니다. 놈이 어느 결사대에 합류하는지를 먼저 파악해야 합니다. 기둥을 무너뜨리면 나머지 것들도 무너지게 되어 있습니다. 거병은 그때 해도 늦지 않습니다."

이정갑은 고개를 돌려 창밖을 바라보았다.

밤하늘에 가득한 별들을 사이로 유성 하나가 가로지르는 게 보였다. 이정갑의 입술이 조용히 열렸다.

"만찬을 열어야겠군."

"준비하겠습니다."

*   *   *

성군들을 풀어준 엽무백은 산묘를 기점으로 지금까지 남진하는 것과 달리 갑자기 방향을 바꿔 동쪽으로 달렸다.

주변을 훑어 천망의 추격이 떨어져 나갔음을 확인한 것은 물론이었다.

여정 중에 세 사람은 이름 모를 농가에 들러 옷가지를 훔쳐 변복을 했다. 세 사람의 얼굴을 본 이가 몇 명인데 옷만 바꿔 입는다고 위장이 되나.

그때 솜씨를 발휘한 사람이 당엽이었다.

그는 정체 모를 고약(膏藥)과 침 몇 방으로 엽무백과 법공을 전혀 딴 사람으로 만들어놓았다. 변복을 하고 역용을 해도 지울 수 없는 무인의 특징이 또 하나 있다.

그건 병장기였다.

마도천하로 말미암아 병장기를 휴대하는 것이 위험해진 세상이다. 하물며 기형이병을 지니고 다니면 사람들의 눈에 띌 수밖에 없다.

당엽은 예외였다.

그의 구절총검은 분절해서 허리춤에 감고 복대로 덮어버리면 아무도 눈치채지 못한다.

엽무백은 우청백의 언월도에 맞아 두 동강 나버린 창을 버렸다. 창날은 터져 나가 버렸고, 창간은 부러져 곤으로서의 효용도 없었고, 곤 속에 든 검마저 하나가 부러졌으니 더는 쓸모가 없었다.

엽무백은 나머지 한 자루의 검만 취해 허리춤에 대충 찔러 넣고 피풍의로 감추었다. 이 정도면 누구도 검을 보고 자신의 정체를 간파하지는 못하리라.

문제는 법공이었다.

그는 두 자루 철곤을 이러지도 저러지도 못하다가 결국엔 나뭇단을 만들어 그 속에 찔러 넣고 말안장에 실었다. 나무장수도 아니고 여행객도 아닌 어정쩡한 모습이 그래서 만들어졌다.

어쨌든 변장을 마친 세 사람은 폭설을 뚫고 이틀을 꼬박 달린 끝에 커다란 도시 하나를 만날 수 있었다. 진령의 웅장한 산자락을 남쪽에 병풍처럼 두르고 펼쳐진 도시는 폭설에 파묻힌 탓인지 잠자는 호수처럼 고요했다.

하지만 도시로 들어가자 상황은 달라졌다.

도시는 복잡한 거리를 오가는 마차와 사람들로 발 디딜 틈이 없었다.

"뭔 놈의 사람들이 이렇게 많지?"

법공이 중얼거렸다.

아무리 도시라고는 하나 이른 아침부터 사람들이 이렇게 북적대는 것은 매우 드문 일이었다.

이상한 것은 또 있었다.

어떻게 된 노릇인지 거리를 따라 보이는 거라곤 죄다 주루나 여곽 따위의 유흥(遊樂)을 위한 업소들이었다.

처음엔 유흥가를 지나니 그렇겠지 했는데 아니었다. 가도 가도 풍경은 하나였다.

다만 다루, 기루, 주루, 객점, 도박장, 전장 등으로 종목이 바뀌기만 했을 뿐이다. 이따금 포목점이나 여타의 생필품을 파는 점포들이 나타나기도 했지만 그것조차 화류계 사람들을 상대로 한 것처럼 느껴졌다. 마치 도시 전체가 하나의 거대한 유흥가인 듯했다.

법공은 물 만난 고기처럼 흥이 났다.

역용도 했겠다.

천망의 눈도 떼놓았겠다, 이참에 주루에라도 들러 술독이나 실컷 들이켜면 원이 없을 것 같았다.

"그나저나 도대체 여기가 어디야?"

법공이 당엽을 향해 넌지시 물었다.

당엽이 기이한 표정을 지으며 법공을 보았다.

마치 그것도 모르고 따라왔느냐는 투다.

"눈 내리는 황량한 고원을 무작정 달리기만 하는데 어디로 가는지 내가 어떻게 알아? 그리고 모를 수도 있지. 그게 뭐 그리 이상한 일이라고 그런 표정을 짓는 거야?"

"다른 경우엔 몰라도 상관없겠지. 하지만 지금은 반드시 알아야 했소."

"왜?"

"알았다면 어떻게든 도망갔을 테니까."

"도망가? 내가 왜?"

그 순간 엽무백이 걸음을 멈추고 어딘가로 시선을 던졌다. 법공과 당엽도 덩달아 걸음을 멈추고는 엽무백의 시선이 향하는 곳을 바라보았다.

그 순간 법공은 눈이 휘둥그레졌다.

사두마차 대여섯 대가 한꺼번에 달리고도 남을 만큼 시원하게 뻗은 대로의 저 끝 흩날리는 눈발 사이로 엄청난 전각군을 거느린 산자락이 보였다.

흡사 그 모습이 선계의 그것처럼 몽환적이었다.

전각군 앞에는 십여 장은 족히 될 법한 붉은 담장이 세 사람이 서 있는 도시와 전각군을 양단하며 달리고 있었다. 덕분에 전각군과 도시는 같은 하늘 아래 있으면서도 전혀 다른 세상처럼 느껴졌다.

"저건 또 뭐야?"

법공은 입이 쩍 벌어졌다.

"신궁(神宮)이오."

당엽이 말했다.

"신궁? 어디서 많이 들어본… 뭣!"

당엽을 향해 홱 고개를 꺾는 법공의 눈은 빠질 것처럼 튀어나와 있었다.

당엽의 말이 천천히 이어졌다.

"그리고 이곳은 신도(神都)고."

第八章　홍화루(紅花樓)의 루주

혼세신궁은 상주하는 인원만도 삼만이 넘는 거대한 무국이다. 모두가 생산 활동을 일제 배제한 채 오직 무공을 닦고 신을 섬기는 일에만 매진한다.

그 많은 인원이 생활하려면 엄청난 양의 물자가 필요하다. 때문에 신궁의 정문은 중원 각처에서 물건을 대기 위해 몰려온 자들로 언제나 북적댄다.

그렇게 몰려온 자들은 잘 곳이 필요했다.

또 신궁 내에 거주하는 무인 역시 회포를 풀 곳이 필요했다.

해서 신궁을 중심으로 유흥 도시가 만들어졌다.

강호인들은 이곳을 신도(神都)라고 불렀다.

신이 강림한 성스러운 도시라는 뜻이다.

하지만 이름과 달리 신도는 대륙에서 가장 살벌한 도시였다. 하룻밤 사이에도 수십 명이 죽어나가고, 그렇게 죽어나간 자들 대부분은 소리소문없이 조용히 묻힌다.

가장 불쌍한 사람들은 기녀들이었다.

그녀들은 죽어나가도 어느 한 사람 따지는 법이 없었다. 그녀의 뒤를 봐주던 기둥서방도, 심지어 그녀를 고용했던 기루의 루주도 사태를 덮기에 급급했다.

가끔 뚝심 있는 루주들이 나타나기도 했다.

그들은 자신의 기녀를 죽인 자를 찾아가 따지고 보상을 요구했다. 하지만 그런 일이 있고 난 다음 날이면 어김없이 신도를 가로질러 흐르는 수로에서 시체로 떠올랐다.

루주뿐만이 아니었다.

기녀들을 포함해 소리소문없이 사라진 사람들 대부분이 바로 그 수로에서 시체로 떠올랐다.

그래서 수로의 이름도 황천(黃川)이다.

여기에는 그럴 만한 사정이 있었다.

살인 사건 대부분이 신교의 무인들이 벌인 칼부림의 결과이기 때문이다. 이곳에서 신교의 무인들이 누리는 지위는 하늘과도 같다. 문지기 따위의 하급무사들도 신궁을 벗어나 신도로 들어오는 순간엔 왕처럼 군림한다.

장사치들에게도 방법은 있다.

그들은 행패를 부리는 하급무사들을 다스릴 수 있는 신궁의 좀 더 높은 사람들에게 줄을 댔다. 세상에 공짜는 없는 법. 뒷배를 봐주는 사람들에게는 적지 않은 유흥을 제공하고 뒷돈을 상납해야 했다.

문제는 뒷배를 봐주는 놈들이 패악을 부릴 때였다. 공짜로 품는 여자와 적지 않은 뒷돈도 시간이 흐르면 당연한 권리인 줄 아는 게 사람이다. 어느 순간 되면 그들은 어김없이 더 부당한 요구를 해왔다.

놈들의 비위를 맞춰주었다간 도저히 수지타산이 안 맞는 경우도 있었다. 그때는 줄을 갈아타야 한다. 루주들은 좀 더 높고 좀 더 실력있는 자들에게 줄을 대어 자신들의 기루를 지켰다.

물론 좀 더 많은 자금의 상납이 뒤를 따랐다.

결국 신도에서 술장사, 여자 장사를 한다는 건 이놈을 피하기 위해 저놈을 끌어들여야 하는 끊임없는 악순환의 반복이었다.

적비는 여자로서 그 살벌한 전쟁터에서 살아남은 몇 안 되는 루주 중 하나였다.

그녀가 이곳 신도로 들어온 건 칠팔 년 전이다. 나이가 몇인지, 어디에서 무얼 하던 여자인지 아는 사람은 없었다.

신도에서도 다섯 손가락 안에 꼽히는 홍화루(紅花樓)의 주인이 어느 날 황천에서 변사체로 발견되는가 싶더니 며칠이지나지 않아 새로운 주인이 나타났다.

그녀가 적비였다.

어떻게 된 사정인지 알 수 없다.

신교의 대주급 인물이 뒤를 봐준다는 설도 있고, 당주급 인물이 자신의 기반을 마련하기 위해 적비를 내세워 기루를 운영하는 것이라는 말도 돌았다.

하지만 그런 말들 때문에 홍화루가 커 나간 것은 아니었다. 그녀와 한 번이라도 대작을 해본 사람은 그녀의 빼어난 미모와 놀라운 화술에 반하지 않을 수 없었다.

그럼에도 불구하고 누구에게도 옷고름을 풀지 않으니 사내들의 애간장이 탈 수밖에.

한번은 휘하에 오백의 수하를 거느린 당주급의 인사가 그녀를 찾아와 하룻밤을 산 적이 있다.

말이 샀지 사실은 강제로 범한 것이나 마찬가지였다. 하루가 지난 후, 그 당주급 인사는 황천에서 시체로 떠올랐다.

사실 신궁의 인물이 황천에서 떠오르는 경우도 적지 않았다. 그 배경에는 대개 여자가 있었다. 자신이 점찍어 두고 혼자만 몰래 정을 통해오던 기녀를 신궁의 다른 무사가 품자 몰래 죽여 버리는 일이 비일비재하기 때문이다.

하지만 그건 어디까지나 중, 하급 무사들 사이에서나 일어나는 일. 오백의 수하를 거느린 당주급 인사가 변사체로 발견된 일은 처음이다.

즉각 신궁의 감찰단에서 나와 조사를 벌였다.

하지만 그들은 조사를 하는 시늉만 했을 뿐, 사나흘이 지나자 조용히 철수해 버렸다. 이를 두고 사람들은 적비의 뒤에 막강한 실력자가 있다고 확신했다.

고수를 제거해 버리는 담력과 나는 새도 떨어뜨린다는 신궁의 감찰단을 조종할 수 있는 사람은 많지 않은 탓이다.

하지만 그런 호시절도 오래가지 않았다.

신궁에서 전쟁이 일어나고 그 여파로 수많은 사람이 죽어나가면서 신도의 주루 상당수가 뒷배를 잃었다.

더욱 심각한 것은 그나마 남아 있는 기존의 뒷배 또한 그리 힘이 되지 않는다는 점이었다. 전쟁이 외궁 팔마궁의 승리로 끝나면서 힘의 축이 신궁에서 팔마궁으로 옮겨지는 과정에서 생겨난 자연스러운 결과였다.

신도는 일대 혼란을 맞고 있었다.

적비는 눈 내린 골목길을 사박사박 걷고 있었다.

궁장을 차려입은 그녀의 아름다움에 길 가던 사람들이 힐

끔힐끔 쳐다봤다.

하지만 함부로 수작을 걸어오는 사람은 없었다.

그녀를 호위하며 따르는 검사에게서 뿜어져 나오는 찐득한 살기 때문이었다. 날카로운 눈매에 한쪽 소매가 헐렁한 그는 이곳 신도에서도 유명한 싸움꾼이었다.

이름은 반자개. 처음 적비가 나타날 때부터 함께했던 자로 신궁의 어지간한 무사들도 그의 앞에서는 한 수 접어준다.

저 새끼는 건드리면 골치 아파진다는 인식이 심어져 있기 때문이다.

"여전히 어수선하군요."

반자개가 말했다.

"전쟁의 여파지. 당분간은 너도 운신에 신중을 기해야 할 거야."

적비가 말했다.

"이를 말씀입니까?"

"만날 대답은 잘하지."

"제가 언제……."

반자개가 뒤통수를 벅벅 긁었다.

미치광이로 소문난 그도 다 죽어가던 자신을 거두고 사람으로 만들어준 적비 앞에서는 순한 양이 되고 말았다.

"그나저나 소문 들으셨습니까?"

"뭘?"

"유마궁주가 이끄는 일만의 병력이 고원에서 떼 몰살을 당했다고 합니다. 십병귀가 생존자 오백을 이끌고 고원을 탈출하려는 순간 소문으로만 떠돌던 금사도의 결사대가 나타나 가세하는 바람에 상황이 역전되었다더군요. 한데 금사도의 결사대를 이끄는 미지의 고수가 바로 설산검군이었다고 합니다."

"이후 십병귀와 설산검군은 중무장한 결사대의 병력 삼천오백을 이끌고 중원으로 진격, 매검문들을 박살 내며 대륙을 진동시키고 있고?"

"알고 계셨군요."

"신궁에서 흘러나오는 소문은 모두 내 귀를 거쳐 간다는 거 몰라?"

"대단하지 않습니까? 일만이나 되는 병력을 몰살시키다니."

"그래서 상황이 더욱 악화됐지. 이정갑은 천제악과는 비교도 할 수 없을 만큼 무서운 인물, 장차 무림의 운명을 좌우할 큰 전쟁이 벌어질 거야."

"아무렇지도 않으십니까?"

"뭐가?"

"그를 좋아했잖습니까."

"그는 내가 품을 수 있는 사람이 아니었어."

"그래도 언젠가 한 번은 루주님을 찾아오지……."

"그렇다고 해서 달라지는 건 없어."

적비의 표정이 갑자기 어두워졌다.

반자개는 화제를 돌렸다.

"그나저나 그는 무사할까요? 듣자니 그에게 인질로 잡혔던 삼성군이 귀환을 했다고 하던데."

"삼성군이 귀환을 했다고?"

적비가 갑자기 걸음을 멈추고 물었다.

"모르셨습니까? 전 아시는 줄 알고……."

"자세히 말해봐."

"새벽에 수문각의 각주가 다녀갔는데 그에게서 들었습니다. 전날 밤 세 사람이 신궁으로 돌아왔는데 하마터면 거지인 줄 알고 창으로 찌를 뻔했다고."

적비는 곱게 눈썹을 찡그렸다. 뭔가 이해할 수 없는 일을 생기면 나오는 그녀만의 습관이었다. 하지만 곧 생각을 떨쳐 버리려는 듯 고개를 흔들고는 다시 걸음을 옮겼다.

잠시 후, 두 사람은 사층 누각 앞에서 걸음을 멈추었다. 붉은 단청의 그려진 누각의 정문 앞에는 홍화루라는 현판이 걸려 있었다.

대개 웃음과 기예를 파는 기루는 청색 단청으로 단장을 하기 때문에 청루라고 한다. 반면에 붉은 단청의 홍루는 귀족가의 내자들이 기거하는 곳으로 기루에서는 여간해서는 쓰지 않는 색이다.

그럼에도 불구하고 붉은 단청으로 단장하는 것은 무작정 술과 여자만을 파는 그렇고 그런 유의 기루가 아니라는 뜻이다. 실제로 홍화루는 근동을 떨어 울리는 예기를 여럿 보유하고 있었다.

다시 말해 붉은 단청이 그려져 있다 함은 '풍류를 알지 못하는 사람은 다른 곳으로 가보시오' 라고 미리 알려주는 것이나 마찬가지였다.

홍화루 앞에는 두 명의 무사가 문을 지키고 있었다.

한데 그들의 복장이 낯익었다.

'적귀대(赤鬼隊)……!'

외궁 팔마궁 중 제이궁의 지위를 누리는 벽력궁의 여러 대(隊) 중 한 곳이다. 폭기를 다루는 문파인 벽력궁에서 드물게 백병전을 위해 만든 적귀대는 백여 명 정도의 작은 대였다.

임무는 궁주의 첩들이 출타를 하면 그들을 수호하며 다니는 것이 주된 임무였다. 마도천하다. 감히 누가 벽력궁주의 첩들에게 위해를 가할 것인가.

때문에 실전을 치를 일은 별로 없고, 여자들의 비위만 살살 맞추는 것 외에는 달리 신경 쓸 일도 없기 때문에 보직 중의 보직이라는 소문이 있었다.

하지만 실상을 알고 보면 그들에게로 나름의 고충은 있었다. 성질머리 사납기로 유명한 벽력궁의 여자들 비위를 맞추는 게 쉬울 리가 없지 않은가.

적비는 눈매를 좁혔다.

신궁과의 전쟁에서 승리한 후 팔마궁의 무사들을 신도에서 보는 건 이제 이상한 일도 아니었다. 아니, 지금 신도를 오가는 무인 대부분이 팔마궁의 인물들이다.

그런데 왜 저들이 홍화루의 문을 지키고 선 걸까?

살벌한 인상의 적귀대의 무사 두 명이 장검을 비껴 찬 채 정문 앞에 떡하니 버티고 있으니 지금쯤 드나드는 손님들로 북적대야 할 입구가 한가하기 짝이 없었다.

반자개가 앞으로 나서며 연유를 물으려 하자 적비가 소매를 잡아끌었다. 저들은 어차피 졸개에 불과할 터, 정확한 사정은 안으로 들어가면 자연히 알게 될 것이다.

과연 안으로 들어가자 예상했던 일이 벌어지고 있었다. 간단한 술을 겸해 식사를 할 수 있도록 만든 일 층의 탁자 수십 개가 적귀대의 무사들에 의해 점령당한 상태였다.

숫자는 삼십여 명. 그들은 하나같이 장검 탁자 위에 올려놓은 채 홍화루의 기녀들을 옆에 끼고 부어라 마셔라 술판을 벌이고 있었다.

빈 술병과 먹다 남은 음식이 탁자에 산처럼 쌓였고, 무사들도 죄다 술에 취한 걸로 보아 술판을 벌인 지가 꽤 오래된 모양이다.

험상궂은 사내들의 손이 치마 아래와 옷섶 사이를 수시로 파고들었지만 기녀들은 찍소리도 하지 못했다. 탁자 위에 놓인 저 검집에서 언제 검이 뽑혀 나와 자신들의 팔다리를 자를지 모르기 때문이었다.

"오셨습니까?"

오십 줄의 총관 모중강 황급히 달려나오더니 안절부절못한 표정으로 허리를 숙였다.

"어떻게 된 거죠?"

"자정 무렵에 적귀대의 대주 조철군이 수하들을 이끌고 와서 시작한 술판이 아직까지 끝나지 않고 있습니다."

"밤새 이러고 있었다는 말인가요?"

"그렇습니다. 연락을 드리려고 했는데 도통 어디로 가셨는지 알 수가 없어서……."

적비는 기가 막혔다.

그녀는 신도에서 십 리 정도 떨어진 곳에 있는 산사에서 밤새 불공을 드리고 오는 길이었다. 자신이 불공을 드리는 동안 기루에서는 이런 난장판이 벌어지고 있었을 줄이야.

"그는 어디에 있죠?"

"이 층에 있습니다."

적비가 이 층으로 이어진 계단으로 향하려는데 모중강이 황급히 앞을 막아섰다.

"무슨 일이죠?"

"저… 그게……."

그때였다.

이 층으로부터 듣기 민망한 교성이 쉴 새 없이 들려오기 시작했다. 무슨 일이 벌어지는지 보지 않아도 훤히 알 수 있었다. 적비는 불끈 쥔 두 주먹을 부르르 떨고 있는 반자개를 돌아보며 말했다.

"무슨 일이 있어도 나서면 안 돼."

"루주!"

"동생들을 다 죽일 셈이야?"

"알겠습니다."

적비는 거침없이, 하지만 서두르지 않고 천천히 계단을 올라 이 층으로 향했다. 잠시 후, 황천이 보이도록 조망을 낸 널따란 마루의 중앙에 탁자가 보였다. 그 탁자 위, 음식이 난자한 복판에서 조철군이 기녀 셋과 함께 알몸으로 뒹굴고 있었다.

탁자의 좌우에는 불콰하게 취한 놈의 수하 십여 명이 침을 흘리며 그 광경을 구경하는 중이었다. 뭇 사내들의 눈길을 받으며 유린을 당하는 기분이 어떻겠는가. 기녀들은 하나같이 눈물을 흘리고 있었다.

'변태 새끼!'

적비와 반자개가 등장했음에도 불구하고 조철군은 여전히 방사에 열중했다.

적비는 말없이 기다렸다.

반자개는 손바닥에서 피가 나도록 주먹을 말아 쥐었다. 입술은 부르르 떨리고 눈동자에서는 불길이 치솟았지만 그는 죽을힘을 다해 참았다.

잠시 후, 조철군이 축 늘어지면서 죽음보다 깊은 고통의 시간도 끝이 났다.

"아이들을 데려가세요."

적비가 총관을 향해 말했다.

기다리고 있던 총관이 서둘러 달려가서는 들고 있던 옷을 기녀들에게 덮어주며 밖으로 데리고 나갔다.

적비는 말갛게 웃으면서 조철군을 향해 다가갔다.

"적비라고 합니다. 명성이 자자하신 조 대협을 모시게 되어 영광입니다. 미리 기별을 주셨으면 자리를 비우는 결례를 저지르지 않았을 텐데요."

탁자 위에 엎어져 있던 조철군이 슬그머니 고개를 들었다.

그는 적비의 빼어난 미모를 보고도 놀라는 법이 없었다. 그가 슬그머니 몸을 일으키더니 알몸 그대로 탁자에서 내려와 적비의 앞에 섰다.

탄탄한 그의 나신이 그대로 드러났다.

반자개가 움찔하며 앞으로 나서려 했다.

적비가 황급히 전음을 보냈다.

[물러나!]

반자개는 피가 나도록 어금니를 깨물었다.

그런 두 사람의 미묘한 움직임을 조철군은 놓치지 않았다. 그는 피식 웃고는 양손을 활짝 벌렸다. 그러자 그의 수하들이 달려들어 옷을 하나씩 입혀 주었다.

탁자 위에서 나신으로 뒹굴 때는 미치광이도 그런 미치광이가 없더니 복색을 모두 갖추고 보니 그는 엄청난 미공자였다.

"귀하가 적비로군."

조철군이 요대를 졸라맨 후 수하로부터 검대(劍帶)를 받아 허리에 두르면서 말했다. 오 척에 이르는 장검이 그의 허리춤을 장식하자 비로소 적귀대주의 위엄이 드러나는 것 같았다.

적비는 공손히 포권지례를 했다.

"귀하의 가명(佳名)은 익히 들었지. 오늘 실제로 보니 오히려 소문이 못한 감이 있군."

"과찬의 말씀입니다. 이제 다 늙어서 찾는 사람도 없는 걸요."

"저런, 사내들이 죄다 눈이 삔 모양이군. 이런 가인을 두고도 찾지를 않는다니. 아닌가? 오히려 내겐 잘된 일인가? 하하하!"

화통하게 웃던 조철군이 돌연 적비를 향해 한 걸음 다가섰다. 그러곤 한 손을 들어 탐스러운 적비의 턱을 천천히 어루만졌다. 적비는 그 어떤 저항도 하지 않은 채 무심한 표정으로 조철군을 응시했다.

반자개는 다시 한 번 어금니를 꽉 깨물어야 했다.

조철군이 여전히 턱을 어루만지면서 읊조렸다.

"이토록 아리따운 여인을 이정풍은 왜 손도 대지 않았을까? 나라면 벌써 사내 맛을 알게 했을 텐데."

조철군이 말한 이정풍은 흑월의 월주다.

그리고 소문으로만 떠돌던 홍화루의 후견인이었다.

하지만 적비와 남녀의 일을 치른 적은 없었다.

이정풍은 남색이었다.

남색인 이정풍이 적비를 아낀 것은 그녀가 신도에서 일어나는 여러 가지 정보를 물어다 주었기 때문이다. 여기까지가 소수에게나마 알려진 적비와 이정풍의 관계다.

하지만 적비는 이정풍을 방패막이로 삼았을 뿐, 오히려 더 큰 비밀을 가지고 있었다. 역설적이게도 이정풍이라는 막강한 뒷배 덕분에 적비는 비밀을 들키지 않을 수 있었고, 이정풍 또한 속였다.

등하불명이라는 말은 이런 때 쓰는 것이다.

하지만 적비는 정보를 제공하고, 이정풍은 적비의 뒤를 봐주는 관계도 이제 끝이 났다. 이정풍이 고원에서 엽무백에게 죽임을 당했기 때문이다.

조철군은 귀신같이 그걸 알고 찾아왔다.

아마 적비의 몸을 요구할 것이다.

"새로운 후견인을 찾는다고 들었다. 나는 어떤가?"

"조 대협 같은 잘생기고 힘 있는 분께서 후견인이 되어주신다면 소녀야 영광이지요. 하지만 그게 소녀의 뜻대로 되는 일은 아니랍니다."

"무슨 뜻이지?"

"한 달 전 이곳 홍화루에서 월주님과 일성군께서 은밀히 자리를 하셨답니다. 이후 일성군께서 호위들을 배제한 채 가끔씩 소녀를 찾아주곤 하시지요."

당연하게도 일성군 이도정을 말한다.

비마궁주 이정갑이 교주가 된 지금 그의 혈족인 이도정은 무소불위의 권력을 지닌 절대자다. 그가 자주 찾는 기루라면 후견인이고 자시고 할 것 없이 누구도 건드리지 말아야 한다.

"그게 사실이더냐?"

조철군의 얼굴이 샛노래졌다.

"마침 일성군께서 간밤에 귀환을 하셨다고 하니 안부도 여쭐 겸 일간 찾아주시라고 기별을 넣으려는 참이었습니다."

조철군의 얼굴이 붉으락푸르락해졌다.

그는 한동안 적비를 노려보더니 턱을 사정없이 잡아당기며 말했다.

"만에 하나 나를 기만하는 것이라면 단단히 각오를 해야 할 것이다."

이어 조철군은 적비의 턱을 사정없이 밀치고는 수하들을 돌아보며 말했다.

"가자."

조철군과 함께 수하들이 썰물처럼 빠져나갔다.

일 층에서 퍼질러 놀던 무사들도 우르르 나가는 소리가 들렸다.

"괜찮겠습니까?"

반자개가 물었다.

"뭐가?"

"일성군 얘기, 모두 거짓이지 않습니까?"

"돌아가는 상황을 보면 조철군도 당분간은 일성군을 알현할 기회가 없을 거야."

일성군은 십병귀에게 인질로 잡혀 있다가 엿새 만에 귀환했다. 중원에선 설산검군이 이끄는 결사대가 매검문들을 타격하고 있다. 전쟁이 코앞에 닥친 지금 일성군이 그런 하찮은 일로 조철군 따위를 만나줄 리 없잖은가.

"나중에라도 그가 속았다는 걸 알면 몇 배로 대가를 치러야 할 겁니다."

"과연 그에게 그런 기회가 올까?"

"무슨……?"

"머지않아 전쟁이 벌어질 거야. 어느 쪽이 승리를 할지 모르지만 많은 사람이 죽게 되겠지. 운이 좋으면 조철군도 그때 죽을 수 있어. 아니어도 어쩔 수 없는 거고. 나중 일은 나중에 생각하자고."

"휴우, 알겠습니다."

"오늘은 장사 접자. 문 걸어 잠그고 다들 쉬라고 해. 숙수에게 말해서 맛있고 기름진 요리도 넉넉히 하라고 해."

"걱정 마십시오."

적비는 피곤한 듯 계단을 따라 위층으로 올라갔다.

전체 사 층으로 이루어진 홍화루는 일 층과 이 층을 객실로 쓴다. 삼 층은 홍화루에서 일하는 기녀와 점소이, 그리고 호위무사들의 거처다.

영업장과 맞먹는 규모의 이 드넓은 공간을 사람들에게 통째로 내어주는 기루는 신도에서 홍화루밖에 없었다. 식솔들을, 특히 기녀들을 한 식구처럼 여기는 적비 때문이다. 덕분에 홍화루는 신도에서 밥을 먹는 기녀들에게 꿈같은 곳이었다.

마지막으로 사 층은 적비의 공간이었다.

그녀는 이곳에서 여러 종류의 난(蘭)을 길렀다.

난이라는 물건이 워낙 빛과 온도에 민감하기 때문에 사 층의 내실은 항상 쾌적했다. 동쪽으로 채광창을 낸 내실로 들어서는 순간 그윽한 향이 그녀를 맞이했다.

겨울인지라 꽃을 피운 난초는 없었다.

그럼에도 불구하고 향이 느껴지는 것은 지난봄부터 번갈아 피었다가 겨울의 초입에 이르러서야 사그라진 꽃의 향이 집안 곳곳에 밴 탓이었다.

그런데 그 향 속에 이질적인 것이 섞여 있었다.

방 안과는 어울리지 않는 향, 그건 피 냄새였다.

파팟!

두 가닥의 돌풍이 천중을 향해 솟구쳤다.

손가락을 가볍게 퉁기는 것만으로 무려 삼 장 밖의 파리를 떨어뜨리는 이 공부의 이름은 탈영비접(奪影飛蝶). 나비 모양을 한 암기 호접환(胡蝶環) 두 개가 대들보 위에 붙어 있는 그림자들을 격했다.

퍼퍽!

격중음과 함께 하나의 그림자가 뚝 떨어졌다.

후줄근한 얼굴에 피풍의를 뒤집어쓴 서른 줄의 사내였다. 무슨 풍상을 겪었는지 얼굴은 초췌했고 피부는 여기저기 터서 꼴이 말이 아니었다. 그럼에도 불구하고 눈동자만은 정광으로 가득했다.

놀랍게도 그는 생채기 하나 입지 않았다.

뿐만 아니라 한 손을 내밀어 손으로 낚아챈 호접환을 돌려주려고까지 했다.

좀 전에 적비가 펼친 한 수는 탈영비접 중에서도 가장 쾌속무비한 낙혼영(落魂影)이라는 수법이다. 적비는 이 수법으로 삼 장 안에 있는 그 어떤 적도 놓쳐 본 적이 없었다. 일수에 쓰러뜨리지는 못해도 최소한 몸통에 구멍 하나는 낼 줄 알았는데…….

'내가 감당할 수 있는 사람이 아니야.'

적비는 모골이 송연해졌다.

그때였다.

무언가 크고 시커먼 덩어리가 허공으로부터 뒤늦게 하나더 떨어졌다. 덩어리는 바닥에 떨어지자마자 정신을 잃고 대(大) 자로 널브러졌다. 이마에 커다란 혹이 나 있었는데 아마도 호접환에 맞은 부위인 듯했다.

그렇다고 해도 놀랍다.

강철을 나비의 날개처럼 두들겨 만든 호접환은 비수나 탈수표처럼 날카로운 암기는 아니다. 하지만 그 위력으로 말미암아 어지간한 생목도 관통하게 마련인데, 그걸 이마로 맞고도 혹 하나 생기는 것으로 끝내다니.

소림의 철두공(鐵頭功)이라도 익혔단 말인가.

"내가 조심하라고 그랬잖아. 보통 여자가 아니라고."

먼저 떨어진 사내가 기절한 사내를 내려다보며 면박을 주었다. 그 목소리를 듣는 순간 적비는 하마터면 기절할 뻔했다.

"당신……!"

"저 친구는 법공이라고 해. 소문 들었지? 나와 함께 다닌다는 소림의 땡중."

맞다. 십병귀가 틀림없다.

적비는 와락 달려가 안겼다.

조그만 다탁을 가운데 두고 세 사람이 마주 앉았다.

이마에 커다란 혹을 단 법공은 술이었으면 더 좋았을 걸 하는 표정으로 차를 마셨고, 엽무백과 적비는 그동안 못다 한 이야기들을 나누었다.

"당신 정말 감당할 수 없는 사람이군요. 신교의 고수들이 당신을 잡기 위해 혈안이 되어 있는데 감히 그들의 앞마당으로 들어올 생각을 하다니……."

"등잔 밑이 어둡다는 말도 있으니까."

"당신이 이곳에 있는 게 알려지면 일각이 지나지 않아 신도는 쑥대밭이 될 거예요."

"그럴 일은 없을 거야."

"못 말려."

"적귀대주 조철군, 맞지?"

엽무백이 찻잔을 내려놓으며 말했다.

앞서 이 층 객실에서 소란을 피운 일을 두고 말하는 것이다.

"전쟁이 팔마궁의 승리로 끝나고 난 후 팔마궁 쪽 사람들의 패악질이 심해졌어요. 신도 전체가 몸살을 앓고 있죠. 아마 한동안은 계속될 듯해요."

"별로 걱정을 안 하는 눈치네?"

"하루 이틀도 아닌데요, 뭐."

"정말 그것뿐이야?"

"전쟁이 아직 끝나지도 않았고."

"내전은 이정갑의 승리로 끝난 줄 아는데."

"진짜 전쟁이 아직 남았죠."

"사람 떠보는 습관은 여전하군."

"부인은 안 하시네요."

"누구 앞이라고 허튼 수를 쓰겠어."

"피이, 정작 중요한 건 하나도 말해주지 않으면서."

적비가 입술을 새치름하게 내밀었다.

그 모습에 법공의 눈이 동그래졌다.

'이건 또 무슨 상황이야?'

"잘 지내는 것 같아 다행이야."

"찾아줘서 고마워요."

"고마워할 거 없어. 어려운 부탁을 하러 온 거니까."

"말이라도 보고 싶어서 왔다고 하면 안 돼요?"

"안 본 사이에 많이 노골적으로 변했네?"

"이렇게 왔다가 떠나면 살아서 다시 본다는 보장이 없으니까."

"내가 그렇게 아슬아슬해 보여?"

"솔직히 말해도 돼요?"

"언제는 안 솔직했나?"

"이쯤에서 멈추는 게 어때요? 예전처럼 신분을 감추고 다시 신도로 들어와도 좋고, 아니면 나랑 같이 멀리 도망가도 좋고. 화전을 일구고 살아도 당신이랑 함께라면 난 좋아요."

"확실히 변했군."

"아직 대답해 주지 않았어요."

"되돌리기엔 너무 멀리 왔어. 알잖아."

적비는 말갛게 웃으며 엽무백의 찻잔에 차를 따라주었다.

"한번 말해본 거예요. 나중에라도 후회하지 않을 것 같아서. 자, 이제 말해봐요. 어려운 부탁이라는 게 뭔지. 공은 공, 사는 사. 제가 계산이 분명한 여자인 건 알고 있죠?"

그때였다.

창밖의 인기척을 느낀 적비가 갑자기 소매 속으로 손을 집어넣었다. 엽무백이 찻잔을 집어 들며 말했다.

"우리 편이야."

이어 창문이 반쯤 열리더니 인영 하나가 작은 가죽 주머니를 들고 나타났다.

역시나 후줄근한 얼굴에 피풍의를 입은 자였다.

"인사들 나눠. 이쪽은 적비, 이쪽은 당엽."

"당엽이오."

당엽이 선 자리에서 뻣뻣하게 말했다.

"훗, 그새 기도가 출중해지셨네요?"

적비가 손으로 입을 가리며 말했다.

"나를 아시오?"

"그 옛날 당신이 초공산 교주를 노리고 신도로 잠입했을 때, 당신의 내력을 추적하고 동선을 파악해 십병귀에게 전해

준 사람이 바로 저랍니다."

"……!"

아주 오래전의 얘기다.

더불어 엽무백과 당엽이 처음 조우하던 날의 이야기이기도 했다. 그때 엽무백은 장벽산의 부탁을 받고 백골총의 소악마라 불리는 살수를 잡기 위해 장장 열흘이나 거지로 변장을 한 채 신도의 어느 골목에 엎드려 있었다.

당엽은 적지 않게 놀랐다.

눈앞의 이 여자가 도대체 누구이건대 자신의 내력과 동선을 그렇게 세세하게 파악할 수 있었단 말인가.

"어떻게 됐어?"

엽무백이 물었다.

당엽은 대답 대신 가죽 주머니를 다탁 위에 털썩 올려놓았다.

"이건 또 뭐야?"

법공이 달려들어 가죽 주머니의 입구를 풀었다.

그러자 피비린내가 확 풍기면서 눈을 동그랗게 뜨고 죽은 사람의 머리통이 모습을 드러냈다.

적귀대주 조철군의 수급이었다.

"에헷!"

비위라면 누구에게도 지지 않는 법공이 손으로 가죽 주머니를 툭 밀어놓았다. 적비는 그 자리에서 얼어붙어 버렸고 엽무백은 이미 예상했다는 듯 태연했다.

당엽이 주머니의 매듭을 다시 묶었다.

"수하들은?"

엽무백이 물었다.

"수하들까지 죽이라는 말은 안 했잖소."

"그놈들, 운이 좋았군."

"운이 좋긴 뭐가 좋아. 숫자가 너무 많으니까 그냥 돌아와서는 저렇게 핑계를 대는 거지. 너도 참, 어떤 때 보면 생긴 것하고 다르게 순진한 구석이 있어."

법공이 엽무백에게 핀잔을 주었다.

핀잔은 엽무백에게 주는데 내용은 온통 당엽을 깔아뭉개는 것들이다.

"이마에 혹은 뭐요?"

당엽이 물었다.

법공은 한순간 찔끔하더니 이내 능청스럽게 말했다.

"나비한테 물렸어."

"……?"

"됐고, 어쨌거나 시답잖은 놈 하나 잡아오느라고 고생했다. 이거 먹고 속이나 데워라."

말과 함께 법공이 자신의 찻잔에 따뜻한 찻물을 부어 당엽에게 건네주었다.

엽무백이 피식 웃으면서 물었다.

"뒤처리는 확실히 했겠지?"

"장검을 하나 구해서 혈랑검법을 썼소. 놈의 수하들이 모두 지켜보았으니 알아서 증언해줄 거요."

혈랑검법은 전날 팔성군이 이끄는 무천의 고수들에게 궤멸당한 혈랑삼대의 독문 검법이다.

엽무백은 신도로 잠입해 홍화루로 오는 과정에서 혈랑삼대의 고수 중 일부가 살아남아 팔마궁의 무인들을 상대로 복수행을 벌였으며, 그 일로 잔살의 고수들에게 쫓기고 있다는 소문을 들었다.

당엽은 바로 그 혈랑삼대가 쓰는 병기와 검법을 사용해 수하들이 보는 앞에서 조철군을 죽이고 도주했다 말하고 있었다.

홍화루에 그만한 솜씨를 지닌 무인이 있을 리 없고, 엽무백과 당엽이 신도로 잠입했을 거라고는 더더욱 생각하지 못할 테니 혈랑삼대의 생존자들이 꼼짝없이 뒤집어쓰게 생겼다.

"아쉬운 대로 이자의 목이면 계산이 될까?"

엽무백이 물었다.

적비는 실소를 터뜨리고 말았다.

"좋아요. 제가 뭘 도와드리면 되죠?"

"오룡(五龍)을 모아줘."

"……!"

第九章 오룡(五龍)을 만나다.

신궁은 어느 날 갑자기 하늘에서 뚝 떨어진 게 아니다.

과거 진령을 넘던 거상들이 말에게 물을 먹이기 위해 들르곤 했던 고대의 유적지에 십수 년 전 엄청난 자금을 동원한 역사(役事)가 더해지면서 오늘의 신궁이 만들어졌다.

역사 이전에도 신궁의 주변엔 사람이 살았고, 그들은 나름의 방식으로 급변하는 상황을 치열하게 견뎌왔다. 그리고 지금 신도라 불리는 이 거대한 기생도시에서 누구도 넘볼 수 없는 자신들만의 세계를 구축했다.

그중에서도 가장 강력한 힘을 지닌 다섯을 사람들은 '신도

를 움직이는 다섯 개의 손'이라 불렀다. 적비는 이곳 태생이
아니면서도 오룡의 일원이 된 두 명 중 한 사람이었다.

오룡과의 만남은 해가 서산을 넘을 무렵 인적이 끊어진 흉
가의 지하 밀실에서 이루어졌다. 일체의 호위를 배제한 채 찾
아와 반 시진을 기다리던 사 인은 적비가 낯선 세 사람과 함
께 등장하자 크게 당황했다.

오룡은 한 달에 한 번 장소를 바꿔가며 만남을 갖는다. 자
신들의 생사가 달린 중요한 일이 있을 때는 오룡 중 누구라도
소집령을 내릴 수 있다. 그럴 때면 열 일을 제쳐놓고 와야 했
고, 또한 목숨을 걸고 서로를 지켜주었다.

모두 공존을 위한 지혜다.

하지만 그때도 반드시 규칙이 있었다.

일체의 호위를 배제할 것.

한데 적비는 갑작스러운 소집령을 내리면서 외인을 대동
했거니와 심지어 동행이 있다는 말을 사전에 알리지도 않았
다.

이는 맹약 위반이다.

"적비, 이 일을 어찌 감당하려고……."

단호한 인상의 초로인이 말했다.

이름은 채양, 신도의 서북 오가(五街)에서 주루 아홉 곳을
운영하는 자였다. 신도의 주루 하나는 항주 노른자위 땅에서

영업하는 주루 두 곳에 맞먹는 수입을 벌어들인다. 그런 청루가 아홉 곳이니 항주로 치면 열여덟 곳의 주루를 운영하는 엄청난 거부였다.

"난 일어나겠소."

작고 뭉툭한 턱에 움푹 들어간 눈동자가 흡사 살쾡이를 연상시키는 초로인이 의자를 박차며 일어섰다.

이름은 오귀성, 신도에서도 가장 노른자위로 소문난 동북삼가(三街)에서 청루 열두 곳을 운영하는 자였다. 욕심도 많고 누구에게도 무언가를 빼앗겨 본 적이 없을 정도로 강단있는 자였다.

그만큼 성격도 급했다.

"갈 때 가더라도 입막음은 해야겠지요."

장대한 체구의 중년인이 품속에서 단도를 뽑아들었다. 먹처럼 검은 가운데 한줄기 기광이 번뜩이는 것이 운철(隕鐵)로 만든 보도임에 틀림없었다. 저만한 양의 운철이면 임자를 만날 경우 장원 하나를 사고도 남으리라.

그는 노각이라는 자로 신도의 남쪽에서 매음굴과 투전판 일곱 곳을 운영하는 흑도의 수괴였다. 더불어 신도의 밤을 지배하는 야왕(夜王)이기도 했다. 그의 한마디면 지금이라도 열일을 제쳐놓고 달려올 칼잡이들이 오백이 넘는다.

마교의 서슬이 시퍼런 신도에서 악으로 깡으로 살아남은

칼잡이들, 그런 칼잡이들을 평정한 자이니 얼마나 흉악할지는 짐작하고도 남음이 있었다.

노각은 적비가 데리고 온 세 사내를 금방이라도 죽일 듯 으르렁거렸다.

"그전에 적비의 얘기나 한번 들어보세나."

모두가 흥분한 와중에도 침착한 어조로 말을 한 사람은 어림잡아도 구순을 바라보는 노인이었다. 등은 굽어 꼽추가 따로 없고 목은 거북이처럼 툭 튀어나왔으며 두 손은 지팡이에 의지하고 있었다.

노인의 이름은 조막가. 그는 운영하는 주루도 없고, 청루도 없고, 투전판도 없었으며, 심지어 이런저런 이권에 힘을 행사할 칼잡이 수하들도 없었다.

밥벌이로 하는 일이라곤 삶은 면과 육수를 지게에 짊어지고 거리로 나와 국수를 파는 일이었다.

그는 담가면 장수였다.

그럼에도 불구하고 여기 있는 누구도 감히 그를 업신여기지 못했다. 그의 무공이 상상을 초월하기 때문이다.

세상에 알려지지 않았지만 그는 신도라는 거대한 밀림에서 신분을 숨긴 채 살아가는 은둔고수였다. 오룡이 결성되기전 노각은 사소한 시비로 조막가에게 덤벼들었다가 단 일 초에 점혈을 당해 사지가 통나무처럼 뻣뻣하게 굳어버린 일이 있었다.

어찌어찌하여 오룡이 결성되었지만 조막가의 내력은 물론이거니와 무공이 어느 정도인지를 정확히 아는 사람은 없었다.

무공에 관한 한 막연하게 짐작하기를 신궁으로 들어가면 최소한 당주 자리 하나는 해먹지 않을까 하는 정도였다.

그는 신도 제일의 고수였다.

재밌는 점은 아무도 그의 존재를 모른다는 것이다.

신도에서 나고 자란 사람은 물론이거니와 신도에서 은밀히 활동하고 있는 마교의 첩보 조직조차 조 노인의 존재에 대해서는 까맣게 몰랐다.

당연한 일이었다.

길거리에서 담가면을 파는 일개 노인이 그런 엄청난 무공을 지녔을 줄 누가 짐작이나 하겠는가.

"어르신!"

노각이 살짝 언성을 높였다.

"적비는 우리와 오 년 동안 한솥밥을 먹었다. 그런 그녀가 예고도 없이 맹약을 깨뜨렸을 때는 그만한 사정이 있을 터, 입막음할 때 하더라도 일단은 얘기나 들어보자꾸나."

조막가가 이렇게까지 나서자 노각도 더는 고집을 부릴 수가 없었다. 채양과 오귀성도 화를 가라앉히며 슬그머니 자리에 앉았다.

"기회를 주셔서 고맙습니다, 어르신."

적비가 조막가를 향해 공손하게 포권지례를 올렸다.

조막가는 자애로운 미소를 띠며 가볍게 고개를 끄덕였다. 하지만 손자를 보는 할아버지와도 같은 저 미소가 돌변하는 순간 엄청난 일이 벌어질 거라는 걸 적비는 알고 있었다.

"동행을 미리 말씀드리지 못한 건 행여나 일어날 수도 있는 불상사를 방지하기 위함입니다. 이들이 누군지를 알면 저를 이해하실……."

"내가 말을 하지."

말과 함께 엽무백이 나섰다.

그 순간, 네 사람의 표정이 차갑게 식었다.

낯익은 목소리에서 누군가를 연상했기 때문이다.

딱히 손을 쓰지 않았는데도 불구하고 역용을 한 엽무백의 얼굴이 천천히 본래의 모습으로 돌아왔다. 엽무백의 얼굴을 확인한 네 사람은 얼음장처럼 굳어버렸다. 숨소리가 천둥소리처럼 느껴지는 침묵이 이어지길 한참, 노각이 먼저 침묵을 깼다.

"이런 제길!"

말과 함께 노각이 와락 달려들어 엽무백을 거칠게 껴안았다. 한바탕 싸울 각오를 하고 있었던 당엽과 법공은 어리둥절해졌다.

"도대체 어떻게 된 거요? 간밤에 삼성군이 돌아왔다기에 난 또 형님이 이도정의 칼에 맞아 뒈진 줄 알았소."

'형님?'

법공과 당엽은 어리둥절해졌다.

"떨어져라. 사내끼리 이러는 거 보기 안 좋다."

"그게 뭔 상관이야, 죽을 놈이 돌아왔는데."

"내가 좀 바쁘다, 어르신께 인사도 해야 하고."

"아, 그렇지."

황급히 한쪽으로 물러나는 노각의 눈동자에 눈물이 그렁 그렁 맺혔다. 엽무백은 가장 연장자인 조막가를 향해 공손하게 포권지례를 올렸다.

"그간 별일 없으셨는지요?"

"별일이야 나보다 자네에게 있겠지. 고생 많았네."

법공과 당엽은 또 한 번 놀랐다.

엽무백을 두고 무례한 인간이라고 할 수는 없지만 그렇다고 아주 예의 바른 사람이라고 할 수도 없었다. 그가 누군가에게 저렇듯 공손하게 구는 걸 본 적이 없는 두 사람은 그저 얼떨떨했다.

조막가와의 인사가 끝나자 채양이 냉큼 다가와 엽무백의 손을 잡고 흔들었다.

"잘 왔네. 정말 잘 왔네."

"잘 오긴 뭘 잘 와. 저 녀석이 이곳에 있는 게 알려지면 신도가 쑥대밭이 될 텐데. 허이구야. 내가 신도에 묻어둔 돈이 얼만데."

오귀성이 장탄식을 했다.

좀 전의 심각하던 그의 표정을 생각하면 딴사람이 아닌가 싶을 정도로 놀라운 반전이었다. 더불어 말과는 달리 얼굴엔 반가운 기색이 가득했다.

엽무백이 오룡과 인연을 맺은 것은 수년 전이었다.

그때 엽무백은 초공산이 보낸 자객에게 당해 큰 부상을 입고 목숨을 잃을 위기에 처했다. 그때 암중에서 손을 써 엽무백을 구해낸 사람이 장벽산이었다. 장벽산은 엽무백을 신도로 빼돌린 후 한 사람을 소개시켜 주었다.

그녀가 바로 적비였다.

장벽산이 적비를 어떻게 아는지는 지금도 알 수 없다. 단지 장벽산이 엽무백에게 이르길 자신을 믿는다면 적비 역시 믿어도 좋다고 했다. 적비 역시 장벽산으로부터 똑같은 말을 들었다.

그때부터 엽무백은 역용을 하고 신분을 감춘 채 적비가 운영하는 홍화루의 밀실에서 살았다.

밀실에서의 삶은 외로웠다.

마음대로 바깥출입을 할 수도 없고 누구를 만날 수도 없었다.

하자면 못할 것도 없지만 마음이 내키질 않았다.

사부인 줄 알았던 사람이 사실은 자신을 상대로 마공을 실험했으며 나중에는 질투에 눈이 멀어 제거하려고까지 한 미치광이였다는 걸 알게 되는 순간 엽무백은 배신감과 상실감에 엽무백은 삶에 대한 집착을 잃었다.

그때 그의 상처를 어루만져 준 사람이 적비였다.

그녀는 이따금 찾아와 밤새 이야기를 나누었다.

낮에 기루에서 있었던 일이며, 기녀들에 대한 이야기며, 신도에서 벌어지는 갖가지 일, 그리고 장벽산의 소식까지……

엽무백은 저절로 많은 것을 알게 되었다.

그러던 어느 날 그는 밤을 틈타 밀실을 나갔다.

그리고 낮에 홍화루의 기녀 둘을 데리고 나갔다가 간살한 신궁의 무사 둘을 소리소문없이 제거해 버렸다.

그때는 초공산이 병중에 있었고, 스물일곱 제자 간의 살수전이 한창이던 때라 뒤처리만 잘하면 한두 명 죽어나갔다고 해서 표가 나지도 않았다.

그는 홍화루뿐만 아니라 이웃한 기루에서 벌어진 각종 살인 사건을 파헤쳤다. 그리고 범인을 잡아 억울한 죽음을 당한 기녀들의 복수를 해주었다. 물론 기녀들은 까맣게 몰랐다.

엽무백의 행보는 점점 넓어졌고, 마침내 오룡의 귀에도 전해졌다. 그들은 억울한 죽음을 당한 기녀들의 복수를 누군가 은밀히 해주고 다닌다는 사실을 알고 매우 놀랐다.

마교의 서슬이 무서워 몸을 사리기 바쁜 자신들을 생각하면 고맙기 그지없는 일이었다. 오룡은 나름의 정보망을 통해 그런 일을 벌인 사람을 추격하기 시작했다.

그러다 마침내 그가 홍화루의 밀실에 기거한다는 사실을 알아냈다. 그들은 적비에게 사정을 설명하고 밀실에 사는 미지의 인물을 만나고 싶다고 했다.

적비는 소스라치게 놀랐다.

그때까지만 해도 그녀는 엽무백이 밤마다 그런 일을 하고 다닌다는 사실을 까맣게 몰랐던 것이다. 적비의 반응을 예상 못 했던 오룡 역시 놀라긴 마찬가지였다.

엽무백과 오룡의 만남은 그렇게 해서 이루어졌다.

그날 이후, 엽무백은 적비의 사람으로 인정받았고, 호위조차 배석을 허락하지 않는 오룡회의에 적비와 함께 참석할 수 있는 유일한 사람이 되었다.

갑자기 수다쟁이가 된 노각으로부터 사정을 전해 들은 법공과 당엽은 갑자기 숙연해졌다. 엽무백에게 뭔가 사연이 있는 줄은 알았지만 그게 그렇게 아플 줄은 몰랐기 때문이다.

"그래, 이 위험한 시국에 신도로 잠입한 건 우리의 도움이 필요해서겠지? 말해보게."

조막가가 상황을 정리하며 물었다.

"신궁의 상황은 어떻습니까?"

엽무백이 물었다.

"믿을 수 없게도 아주 조용하다네. 내전이 끝난 후 당연히 이어지리라 생각했던 숙청의 칼바람도 없었네. 그날 무신총에 들어갔다가 명계의 대마두들에게 도살을 당했던 일총, 사루, 칠당, 오원, 육대의 수장들과 휘하의 고수들을 대신해 삼백여 명의 인사가 단행된 게 전부였네. 더는 죽는 사람이 없었고 천제악에게 충성을 바쳤던 각주급 간부들도 모두 지금의 자리를 보장받았다네."

"반대편에 섰던 사람들의 동요를 막고 힘을 하나로 뭉쳐 내전으로 인한 혼란을 최대한 줄이려는 의도겠지요."

곁에서 채양이 한마디 보탰다.

"신기자의 솜씨가 틀림없습니다."

오귀성도 한마디를 보탰다.

"그렇겠지. 그렇게 뭉친 힘은 고스란히 자네와 정도무림의 결사대를 향하게 될 걸세."

조막가가 다시 엽무백을 향해 말했다.

"그게 전부는 아닐 텐데요."

엽무백이 말했다.

"무엇이 말인가?"

"신기자는 사람을 믿지 않습니다. 그라면 반드시 먼저 힘을 보여주고 다음에 먹을 것을 주었을 겁니다."

"알고… 있었나?"

"흑월의 살수들에게 들었습니다."

철무극과 불곡도에 관한 이야기다.

전날 흑월의 월주 이정풍이 일백의 특무조를 이끌고 삼성군을 구하러 왔을 때 엽무백은 남은 세 명의 성군이나마 산채로 돌려받으려거든 그에 합당한 것을 가져와야 할 것이라고 경고했다.

한데 엽무백의 경고가 전해지기도 전에 불곡도와 철무극은 오백의 수하들과 함께 뇌옥에서 산 채로 화장을 당해 죽었다.

금사도에서 팔성군이 사로잡혔다는 소식을 들었을 때부터 신기자는 엽무백의 의도를 간파하고 있었던 것이다.

신기자는 팔성군의 생존이 대사를 앞두고 장차 큰 제약으로 작용할 거라는 것도 짐작했다. 그는 목숨을 걸고 이정갑에게 간언했을 것이다.

엽무백과 철무극, 불곡도, 장벽산의 관계를 잘 아는 조막가는 어렵게 말문을 열었다.

"정권의 초기에는 수많은 변수가 있게 마련이지. 그럴 때 가장 필요한 것이 지도자의 단호한 결단력이라네. 이정갑은 뇌옥에 갇혀 있는 장벽산의 수하들을 잔인하게 죽임으로써 팔성군을 구하기 위한 그 어떤 협상도 없을 것임을 천명했네. 그리고 이미 자식을 잃은 유마궁주로 하여금 일만 마병을 이끌고 자네와 정도무림의 생존자를 치게 했지. 이정갑의 결단은 주효해서 사람들이 그를 더욱 두려워하게 되었다네."

"삼궁의 변함없는 지지도 이끌어냈지요. 앞서 자식을 잃은 궁주들에게 제 혈족의 안녕을 고려하지 않는 단호함을 보임으로써 자칫 혼란스러워질 뻔한 상황을 오히려 유리한 상황으로 뒤집어 버렸습니다. 제 평생 그토록 비정하고 무서운 인간은 처음입니다. 그런 인간은 일백 년 내에 다시 나오지 않을 겁니다."

채양이 말했다.

"그런 이정갑과 팔마궁의 궁주들조차도 십병귀는 두려워하겠죠? 궤멸한 줄 알았던 금사도의 결사대가 다시 나타났고, 유마궁주가 이끌었던 일만 마병이 고원에서 몰살을 당했으니 말입니다. 겉으로는 태연한 척하지만 지금쯤 신궁이 발칵 뒤집혔을 겁니다."

오귀성이 말했다.

그의 말에 사람들이 고소하다는 표정을 지었다.

두 사람의 말 속엔 한 가지 전제가 깔려 있었다. 신교가 엽무백으로 말미암아 골치를 앓고는 있지만 그렇다고 해서 신교가 무너지지는 않을 거라는 믿음이 그것이었다.

"마교의 병력은 신궁에 모두 집결해 있겠지요?"

엽무백이 다시 물었다.

"바로 보았네. 그날 천제악과의 전쟁을 위해 진격했던 외궁 팔마궁의 병력 모두가 전쟁이 끝난 후에도 귀환을 하지 않고 신궁에 주둔해 있네. 보이지는 않지만 명왕과 그가 이끌고 온 일백의 대마두들 역시 신궁 어딘가에서 기거 중이라는 소문도 있다네. 한데, 아까부터 왜 자꾸 신궁의 정황에 대해 묻는 건가?"

"신궁으로 침투할 겁니다."

"……!"

"……!"

"……!"

"……!"

"……!"

조막가를 비롯해 채양, 오귀성, 노각, 적비의 얼굴이 새파랗게 질렸다. 심지어 줄곧 엽무백과 동행했던 당엽과 법공조차도 이게 무슨 개 풀 뜯어 먹는 소리냐는 듯 두 눈을 동그랗게 떴다.

"지금… 제정신으로 하는 말인가?"

조막가가 물었다.

그 어떤 일에도 평정을 잃지 않던 그의 목소리가 처음으로 떨리고 있었다. 엽무백은 이미 충분한 대답을 했다는 듯 중언부언하지 않았다.

"이유나 한번 들어보세."

"사람들의 믿음을 깨뜨릴 겁니다."

"……."

사람들은 어안이 벙벙했다.

당최 무슨 소린지도 모르겠다.

"무슨 생각을 하는 건지 모르겠지만 다시 한 번 고려해 보게. 지금 신궁엔 명왕과 이정갑을 비롯해 대륙에서 가장 강한 열 명의 고수가 모두 모여 있네. 어디 그뿐인가? 자네라면 자다가도 벌떡 일어나 이를 갈 마병이 십만이나 있네. 철무극과 불곡도의 죽음은 나도 안타깝네만 신궁은 홧김에 들어가 불을 지를 곳이 아니라는 말일세."

포로를 처형할 수도 있다.

이정갑의 입장에서 대업을 위해 단호한 결단을 내릴 수도 있다. 혼세신교의 역사는 피의 역사였고, 지난 과거를 돌이켜 보면 그런 일은 비일비재했다.

본시 전쟁의 속성이란 그런 것이다.

잔혹하고 처절하고……

엽무백도 안다.

그래서 돌려주려는 것이다.

더욱 잔인하고 더욱 처절하게.

"도와주시겠습니까?"

조막가가 보기에 엽무백은 단호했다.

"휴우, 자네 고집을 누가 꺾어. 말해보게. 무엇을 도와주면
되겠나?"

"경계무사들의 위치, 숫자, 번을 도는 시각 등등. 신궁에
침투하는 데 필요한 모든 정보를 알아봐 주십시오."

"그리고?"

"쓸 만한 창과 검을 구해주십시오. 강철로 만든 투골저도
좀 필요하고."

"그건 제가 준비할게요."

적비가 손을 들었다.

엽무백과 눈을 마주치자 적비가 말갛게 미소를 지어 보였
다.

엽무백이 다시 조막가를 돌아보며 말했다.

"그리고 폭기가 필요합니다."

"폭기? 벽력궁에서 쓰는 화기를 말하는 것인가?"

"단순히 불을 뿜는 것이 아닌, 화력과 폭압을 동시에 지닌

것이어야 합니다. 그것도 아주 강한 놈으로 여러 개."

"신궁을 불바다로 만들기라도 할 작정인가?"

엽무백은 말없이 웃기만 했다.

"알았네. 기한은?"

"자정까지입니다."

"그렇게나 빨리?"

"날이 밝기 전에 거사를 끝내고 신도를 떠날까 합니다. 제가 이곳에 오래 있으면 있을수록 여러분이 위험해집니다."

사람들은 잠시 숙연해졌다.

만나자마자 이별이라더니 이런 경우를 두고 하는 말이다. 하지만 아무도 엽무백을 만류할 생각을 못했다. 지금 엽무백은 불구덩이 속에 들어와 있는 기름통과도 같은 존재다. 그의 존재가 알려지면 신도는 쑥대밭이 되리라.

"그건 불가하네."

"어째서입니까?"

"침투로를 알아보는 데만도 이삼일은 걸려. 창과 검은 적루주가 준비한다고 했으니 논외로 하고, 문제는 폭기인데, 없는 게 없다는 신도지만 폭기만큼은 사나흘이 걸려도 구한다는 보장을 할 수 없는 물건일세."

"그건 제가 한번 구해보겠습니다."

갑자기 노각이 나섰다.

"자네가? 무슨 수로?"

"보름쯤 전에 용반산(龍盤山) 기슭을 올랐다가 그곳에서 살고 있는 웬 괴이한 늙은이 하나를 만났지 뭡니까? 그때 만난 인연으로 가끔 술도 받아다 주고 돼지도 한 마리씩 몰아다 주고 그럽니다. 그 늙은이를 통하면 구할 수 있을지도 모르겠습니다."

말은 그렇게 했지만 노각은 이 일이 꽤 자신이 있는 듯 싱글벙글했다. 용반산 산다는 늙은이가 도대체 누군데 저러는지 모르겠다.

"확실해야 하네."

"형님, 그러지 말고 당장 저랑 함께 가보십시다. 쇠뿔도 단김에 빼랬다고 가는 길에 그냥 들고 오죠, 뭐."

노각이 엽무백을 돌아보며 말했다.

사람들은 어리둥절할 수밖에 없었다.

"좋아."

엽무백이 말했다.

"자네들은 어떤가?"

조막가가 채양, 오귀성, 적비를 돌아보며 물었다. 가장 어려운 폭기를 노각이 해결하겠다고 했으니 혹시나 싶어 나머지 사람에게도 물어본 것이다.

당엽과 법공은 동시에 생각했다.

'절대로 불가능해.'

"저는 가능해요."

적비가 말했다.

"저도 가능합니다."

채양이 말했다.

"그동안 한 주먹거리도 안 되는 신궁의 잡졸들에게 뒷돈을 찌를 때마다 속이 쓰려 죽을 지경이었는데, 이제야 좀 빼먹겠네요. 저도 가능합니다."

오귀성이 말했다.

당엽과 법공은 뜨악했다.

"정보를 빼 오는 것보다 더 중요한 건 추격의 빌미를 남기지 않는 것이네. 한 사람에게 집중하지 말고 여러 사람에게 조금씩 정보를 얻되 의심을 사지 않도록 각별히 조심하게. 만에 하나 누군가 발각이 되면 규칙대로 회동은 없네."

조막가가 말했다.

"알겠습니다."

네 사람이 이구동성으로 말했다.

"그럼 자정에 다시 만나도록 하세. 장소는 내가 따로 통보하겠네."

*   *   *

용반산의 용반은 호거용반(虎踞龍盤)이라는 말에서 따왔다. 호랑이가 웅크려 앉고 용이 도사린다는 말답게 용반산은 울창한 수림과 못으로 가득했다.

오룡과 헤어진 후 엽무백은 노각을 따라 곧장 용반산으로 향했다. 밤인데다 숲 속이어서 그런지 용반산은 칠흑처럼 어두웠다.

하지만 이미 어둠과 밝음에 구애받지 않는 세 사람은 움직이는 데 전혀 불편함이 없었다. 오히려 온 산을 뒤덮은 백설로 말미암아 백 장 밖의 토끼가 뛰어가는 것도 볼 수 있을 지경이었다.

"대체 그 늙은이가 누군데 그러는 거요?"

법공이 물었다.

"가 보면 아오."

노각이 말했다.

"알고 가면 안 되오?"

"안 될 것까진 없지만, 그러면 재미가 없잖소, 재미가."

"놀러 가는 것도 아닌데 애들처럼 재미는 무슨."

"듣던 대로 성정이 불같으시구랴. 큭큭큭."

'이 흑도 나부랭이가 도대체 뭐라는 거야?'

법공은 노각의 뒤통수를 노려보며 눈알을 희번덕거렸다.

소림의 제자인 자신이 어쩌다 저런 흑도의 수괴랑 동행을 하게 되었는지 모르겠지만, 옛날 같았으면 쇠몽둥이로 머리통을 두들겨 버렸을 것이다.

"나를 아시오?"

"지금 칼 든 사람치고 불세출의 소림제자 법공 대사를 모르는 사람이 어딨단 말이오? 귀하의 무지막지한 제미곤 얘기는 귀가 따갑도록 들었소."

"대… 사?"

"엽 형님 앞에서 이런 말씀은 좀 그렇지만, 난 솔직히 엽 형님보다 대사의 활약상을 들을 때 더 흥분되었소. 일 장이나 뛰어올라 마인 놈들 대갈통에 두 자루 제미곤을 폭풍처럼 난사했다는 말을 들을 때면…… . 후우, 정말 십 년 전에 얹힌 만두가 내려가는 것 같더이다."

"뭘 그렇게까지나…… ."

"아니올시다. 내가 흑도여서 그런지 몰라도 대사의 그런 폭력성이 내 성정과 딱 맞아떨어지더란 말이오. 참, 혹시 흑도의 수괴랑은 교분을 나누지 않는다든가 뭐 그런 정파인은 아니시지요?"

"거 무슨 당치 않은 소리. 사내가 마음이 맞으면 그걸로 끝이지, 거기에 무슨 흑도니 정도니 하는 것을 따진단 말인가. 난 그런 소인배가 아니올시다."

"역시, 대사 정도 되는 그릇이라면 절대로 그럴 리 없다고 생각했습니다. 제 짐작이 틀리지 않았군요."

"껄껄껄, 뭘 그 정도 가지고."

법공이 호탕하게 웃으면서 턱수염을 쓰다듬었다.

그러다 문득 엽무백과 당엽의 뜨거운 시선을 느끼고는 재빨리 딴청을 부렸다.

"아버지는 찾아뵈었느냐?"

엽무백이 물었다.

"갑자기 그 노인네 얘기는 왜 또 꺼내고."

노각이 와락 인상을 찡그렸다.

"가는 길이 달라도 피를 나눠 준 분이 아니더냐. 제 할 도리는 해야지."

"그 얘긴 그만합시다."

노각은 단호하게 말을 자르더니 그때부턴 입까지 닫아 버렸다. 노각의 입을 통해 자신의 활약상에 대한 얘기를 듣고 싶었던 법공은 괜스레 입맛을 다셨다.

노각의 입이 다시 열린 것은 저 멀리 초옥 한 채가 보였을 무렵이다. 용반산 깊숙한 골짜기에 새둥지처럼 자리 잡은 초옥은 눈 속에 푹 파묻힌 상태였다.

"황정기라는 노인이오."

"황정기? 뇌귀(雷鬼) 황정기 말이오?"

당엽이 놀란 눈을 치켜뜨고 물었다.

"역시 아시는구만."

노각이 그럴 줄 알았다는 듯 실소를 흘렸다.

"황정기가 확실하냐?"

엽무백이 다시 한 번 확인했다.

"직접 확인하시구랴."

"뭘 달라고?"

새우처럼 구부정한 노인이 물었다.

이 겨울에 소매 없는 가죽옷을 입고 한 손엔 지팡이를 짚었는데 뭉텅 빠진 이 사이로 씹다 만 도토리가 보였다 말았다가를 반복했다.

"폭기 말이오."

노각이 말했다.

"폭기가 뭐냐?"

"이거 왜 이러시오? 노인장이 뇌귀 황정기라는 걸 내 다 알고 왔소. 염려 마시오. 발설할 작정이었으면 내 진작에 퍼뜨렸지 이렇게 야밤에 찾아오지 않았을 거외다."

"이렇게 데려온 건 퍼뜨린 게 아니다?"

"들었소? 뇌귀가 틀림없다니까."

노각이 엽무백을 돌아보며 흥분한 얼굴로 말했다.

속았다는 걸 알아차린 뇌귀 황정기의 얼굴이 붉으락푸르락해졌다.

과거 강호엔 화기를 다루는 불의 문파가 많았다.

그들은 화력이라는 하나의 힘에 고집스럽게 집중했고, 그 나름의 세계를 향해 나아갔다. 그 세월이 깊어지자 사천당문이 독과 암기로 세상을 떨어 울렸듯, 그들 불의 문파 중에서도 독보적인 세계를 구축한 문파가 제법 나왔다. 산서의 화도방(火道幇), 사천의 염화곡(炎華谷), 운귀고원의 봉뢰문(逢雷門)이 그 대표적인 예다.

하지만 그들 세 문파조차도 당하지 못한 단 한 명의 미치광이 노인이 있었으니 그가 바로 뇌귀 황정기다. 수레에 폭기를 만드는 데 필요한 각종 물건을 싣고 불의 문파를 찾아다니며 대결을 벌였다.

무림인들이 무공으로 자웅으로 겨룬다면 화인(火人)들은 자신들이 만든 폭기로 자웅을 겨룬다. 쉽게 말해 누가 더 강력하고 살상력이 높은 폭기를 만들었는지 겨루는 것이다.

화도방, 염화곡, 봉뢰문은 어김없이 뇌귀의 방문을 받았고, 자웅을 겨루었으며, 처참하게 패했다. 그 후 강호인들 사이에서 폭기의 제조에 관한 한 뇌귀를 당할 자가 없다는 소문이 떠돌았다.

그런 뇌귀를 단 한 방에 보내 버린 사람이 있었다.

바로 벽력궁주 신풍길이다.

그는 주먹만 한 뇌단(雷丹) 열 알로 뇌귀가 살던 뇌정곡(雷霆谷)을 쑥대밭으로 만들어 버린 후 자신의 수하가 될 것을 강요했다.

뇌귀는 당연히 거절했다.

그리고 십 년째 벽력궁의 화인들을 피해 다니는 중이었다.

엽무백이 앞으로 나섰다.

그는 먼저 공손하게 포권지례를 올린 후 말을 이었다.

"동생의 무례를 용서하십시오."

"……?"

"성정이 급해서 그렇지 나쁜 놈은 아닙니다. 노인장에 대한 얘기는 일절 발설하지 않을 테니 염려 놓으십시오."

"내 얘기를 발설하지 않는 조건으로 폭기를 내놓아라?"

"내놓으라는 얘기가 아니라 파시라는 겁니다."

"팔아? 크크크. 이놈 좀 보게. 그래, 얼마를 줄 테냐? 백 냥? 천 냥? 만 냥? 늙은이를 욕보여도 분수가 있느니라. 화인에게 폭기란 온 삶을 쏟아 부은 목숨과도 같은……."

"벽력궁주의 목숨이면 되겠습니까?"

"……!"

뇌귀의 얼굴이 얼음장처럼 굳어졌다.

동시에 그의 눈동자에서 말할 수 없이 뜨거운 안광이 뿜어져 나왔다. 차가운 얼굴에서 뜨거운 기운이 뿜어져 나오자 묘한 섬뜩함이 있었다.

"네놈은 누구냐?"

뇌귀의 목소리가 착 가라앉았다.

"십병귀… 엽무백입니다."

뇌귀의 눈동자가 거세게 흔들렸다.

안광은 여전히 뜨거운 기도를 발산하며 엽무백을 응시했다. 엽무백 역시 지지 않고 뇌귀를 노려보았다. 불꽃 튀는 신경전이 이어지길 한참, 뇌귀가 먼저 입을 열었다.

"내가 왜 벽력궁주의 목숨을 원할 거라고 생각하느냐?"

"하고많은 곳 중에 하필 신도로 들어온 이유는 벽력궁을 날려 버리기 위해서가 아니었습니까? 한데 재주가 없으니 들어갈 수가 없고, 복수는 해야겠고, 그래서 이렇게 세월만 보내고 있으신 게 아닙니까? 그거 제가 하겠습니다."

"젊은 놈이 뱃속에 능구렁이가 백 마리는 들었군."

"어려서부터 눈치를 보고 자라서요."

"됐다. 어쭙잖은 소리는 집어치우고 따라오너라."

말과 함께 뇌귀가 돌아서더니 어디론가 걸음을 옮겼다. 한데 그의 걸음걸이가 이상했다. 절룩이는 정도를 넘어서 한쪽으로 급격하게 기우뚱거리는데, 가만 보니 왼쪽 무릎 아래 정강이가 통째로 없었다.

엽무백과 세 사람이 뇌귀의 뒤를 따랐다.

일이 생각보다 수월하게 풀리자 법공은 마교가 이곳저곳에 원한을 산 것이 이럴 때는 참 편하다는 생각이 들었다.

뇌귀를 따라간 곳은 초옥 뒤편의 골짜기였다.

좌우로 가파른 산비탈이 자리한 골짜기 깊숙한 곳에 바위로 입구를 가린 동굴이 하나 있었는데, 거기가 뇌귀의 작업장이었다.

동굴 속에는 뭐라 설명할 수 없는 온갖 물건과 함께 유황 냄새가 짙게 풍겼다. 구석을 한참이나 뒤적이던 뇌귀가 새알만 한 덩어리 하나를 가져와서는 말했다.

"여긴 왜 따라 들어왔어?"

"아무 말씀도 안 하시기에 그냥 따라 들어왔지요."

노각이 말했다.

"기왕 왔으니 잘 봐둬."

"그건 왜요?"

"내가 죽고 나면 네놈이 여길 맡아야 할 게 아니냐."

"제가요? 왜요?"

"잘 찾아보면 폭기를 만드는 각종 비방이랑 재료를 구하는 법을 적어놓은 비급이 있다. 보고 배우든지, 이미 만들어놓은 폭기들을 팔아 부자가 되든지 네놈 마음대로 해라."

그러고는 횅하니 나갔다.

네 사람은 머쓱해진 얼굴로 다시 동굴을 나갔다.

동굴 앞 작은 공터에서 뇌귀가 네 사람을 세워놓고 얼굴을 쫘악 훑었다. 그러다 가장 힘을 쓰게 생겼다고 생각했는지 법공을 향해 말했다.

"땅을 파라."

"땅을 말입니까? 왜요?"

"파라면 팔 것이지 왜 이렇게 말이 많아."

"참 나."

법공은 투덜투덜하면서도 곤을 뽑아 언 땅을 파기 시작했다. 내공을 주입한 곤으로 땅을 푹 찌르고 그걸 다시 꺾어 견고하게 얼어붙은 토질을 캔 다음 흙덩이를 파내는 작업은 한 식경이 지나도록 이어졌다.

마침내 깊숙한 구덩이가 만들어졌을 때 법공이 말했다.

"이 정도면 됐습니까?"

뇌귀는 동굴에서 가져왔던 새알을 툭 던져 놓은 후 말했다.

"됐다. 이제 묻어라. 흙과 바위를 잘 섞어 단단히 다져라."

"그것도 제가 합니까?"

"밤 샐래?"

"참 나."

법공은 투덜대면서도 구덩이를 다시 메워가기 시작했다.

이번엔 노각과 당엽이 나서서 호박만 한 바위들을 가져다주어 그나마 조금 도움이 됐다.

마침내 구덩이가 원상 복귀되었을 때 뇌귀가 엽무백에게 괴이한 모양의 피리 하나를 건네주었다. 상아처럼 누르스름한 빛깔을 띤 그것은 동물의 뼈로 만든 골적(骨笛)이었다.

엽무백은 골적의 크기와 모양으로 미루어 사람의 정강이뼈로 만든 것이라는 걸 알 수 있었다.

"이게 뭡니까?"

"위로부터 첫 번째 구멍과 세 번째 구멍을 막은 다음 힘차게 불어보게."

엽무백은 시키는 대로 했다.

뻬이익……!

신경을 거슬리는 기이한 금속음이 들렸다 싶은 순간,

꾸앙!

엄청난 굉음과 함께 새알을 묻어둔 구덩이에서 폭발이 일어났다. 시뻘건 화염과 함께 흙과 호박돌이 십여 장이나 솟구치는가 싶더니 우수수 떨어졌다. 대경실색한 법공, 당엽, 노각이 황급히 십여 장이나 도망갔다.

후두두둑!

쿵! 쿵! 쿵! 쿵!

흙과 호박돌 떨어지는 소리가 뒤를 이었다.

사람들은 너나 할 것 없이 하얗게 질렸다.

작은 새알 하나가 그처럼 엄청난 폭발력을 지녔으리라고
는 상상도 못했다. 아니, 새알이 폭기라는 것 자체를 몰랐다.

"소리는 모두 각각의 파장이 있지. 쇠붙이를 머리카락처럼
가느다랗게 만들면 길이에 따라 특정한 파장과 공명하며 진
동을 일으킨다네. 그 파장을 찾느라 고생을 좀 했지."

"……?"

"어쨌든 골적을 불면 폭기 안에 있는 쇠붙이가 진동을 하
면서 실 하나를 끊는데, 그게 점화 장치라네. 심지도 없고 이
음매도 없기 때문에 물속에서도 터지지. 더 자세한 건 설명해
줘도 모를 걸세."

엽무백은 세상에 태어나 오늘처럼 진기한 물건을 본 적이
없다. 대개의 폭기란 도화선이 심어 직접 불을 붙이거나 충격
을 이용해 터뜨린다.

한데 소리의 공명하는 진동을 이용해 터뜨리다니, 아니, 피
리를 불어서 터뜨린다고 해야 하나?

"폭기의 이름은 무엇입니까?"

"지뢰(地雷)."

하늘에서 떨어지는 낙뢰와 달리 땅에서 솟구치는 우레라
는 뜻이다.

"굉장한 물건이군요."

"놀랄 것 없네. 자네에게 줄 건 이게 아니니까."

말과 함께 뇌귀가 품속에서 또 다른 물건을 하나 꺼내 엽무백에게 건네주었다. 생긴 건 구덩이 속에 파묻은 새알과 똑같았다. 하지만 그것보다 열 배는 커서 어른 주먹만 했다.

"폭발력은 열 배, 거기에 노부가 개발한 화정(火淨)을 심어 화염까지 치솟지. 이거 한 방이면 기루 하나쯤은 가뿐하게 날릴 수 있다네. 이런 개 백 개가 더 있네. 필요한 만큼 가져가게."

네 사람은 그야말로 입이 쩍 벌어졌다.

"내가 원하는 건 벽력궁주의 목숨이 아니네. 벽력궁을 세상에서 지워 버리는 것도 아닐세. 내가 원하는 건 다만 벽력궁에서 만든 그 어떤 폭기보다 이놈이 더 강력하다는 걸 입증하는 것이라네."

第十章 뇌귀(雷鬼)

뇌귀와 헤어진 후 홍화루로 돌아온 엽무백은 삼 층 적비의 처소에서 운공을 시작했다 삼수행을 나가기 전엔 언제나 하던 습관이다.

하물며 오늘은 무신이라 불리는 고수가 우글우글한 신궁으로 들어갈 예정이니 더욱 진기를 점검해야 했다.

당엽은 대들보에 올라가 잠을 청했다.

전날 금사도에서 입었던 부상의 여파가 아직 가시지 않은 그였기에 누구보다 운기행공이 필요했지만, 어쩐 일인지 그는 잠을 택했다.

당엽이 제 입으로 말을 한 적은 없지만 엽무백은 그 이유를 알고 있었다. 부상 직후 그는 무려 하루를 꼬박 쉬지 않고 치료를 위한 운기행공을 했다.

그때 그가 펼친 심법이 암혼인(暗魂引)이다.

본신의 영(靈)에 깃든 죽음의 기운을 끌어당겨 죽어가는 육신에 새로운 생명력을 심는 모순적이고도 사이한 공부, 변론의 여지가 없는 마공이다.

당엽은 그 사이한 기운을 지금 온몸에 담고 있다. 여기서 정심한 내공심법으로 운공을 한다면 어둠과 밝음이 충돌해 주화입마에 걸리고 만다. 인성과 이지를 잃고 오직 과거의 조각난 기억에 얽매인 미치광이 살인마로 전락하는 것이다.

당엽은 그걸 피하기 위해 운공 대신 잠을 택했다.

법공은 운공이나 잠보다 더 중요한 게 있다며 적비가 내어준 이 층의 객실에서 술과 고기를 먹고 있었다.

벌써 한 시진이 넘었는데 도통 올라올 기미가 없다. 이 살벌한 시국에 신궁으로 침투한다는데 걱정도 안 되나 보다.

아니다.

법공은 지금 누구보다 긴장하고 있었다.

그래서 운공 정도로는 도저히 긴장을 다스릴 수 없는 것이다.

적비는 엽무백과 함께할 시간이 많이 남지 않았음에도 불구하고 삼 층으로 올라오지 않았다. 어쩌면 마지막이 될지도 모르는 중요한 일을 앞두고 운공을 방해하고 싶지 않은 까닭이다.

그러다 자정이 가까워질 무렵 적비가 나타났다.

"연락이 왔어요."

운공을 끝낸 엽무백은 천천히 눈을 떴다.

당엽도 대들보에서 소리소문없이 떨어져 내렸다. 때를 맞춰 법공도 반자개와 함께 문을 열고 들어섰다. 아마도 반자개가 상황을 전해준 모양이었다.

"내가 말한 건 다들 해결했나?"

"조 어르신께 직접 들으세요."

"수고했어."

엽무백이 자리에서 일어나려는 순간,

"잠깐만요."

적비가 엽무백을 불러 앉히더니 반자개를 향해 고개를 끄덕였다. 반자개가 앞으로 나와서는 검은 비단포에 싼 기다란 무언가를 탁자 위에 올려놓았다.

"뭐지?"

"이곳에서 삼공자를 마지막으로 만나던 날 기억나요? 그날 당신과 삼공자 모두 떠나고 난 후 삼공자께서 사람을 통해 제게 이걸 보내왔어요. 당신이 다시는 이곳으로 돌아오지 않았으면 좋겠지만, 만약에 돌아온다면 이게 필요할지도 모를 거라는 전언(伝言)과 함께."

엽무백은 비단포를 천천히 벗겼다.

그러자 구 척에 달하는 장창이 모습을 드러냈다. 청강 백근을 일만 번 두들겨 만들었다는 창간은 손때가 묻어 반질반질 윤이 났고, 운철로 만든 검은 창날은 빛 한 점 반사되지 않음에도 불구하고 기이하도록 예리한 기운을 발산했다.

창날 아래의 목에는 비상하는 용 한 마리가 정교하게 양각되어 있었다. 손때가 묻질 않아서 그런지 용이 조각된 부위는 다른 곳에 비해 유난히 검은 먹빛을 띠었다.

엽무백은 창간을 잡고 내력을 흘려보냈다.

기이이잉, 처처처척!

맹렬한 회전과 함께 창은 하나의 단검과 두 개의 곤으로 분절되었다. 동시에 속이 빈 곤 속에서는 두 자루 운철검이 뱀처럼 튀어나오더니 앞서 분리된 창날과 함께 일 장 높이의 허공에서 부유했다.

묵룡병(墨龍兵)이다.

신도와 신궁을 제집처럼 활보하며 숱한 살수행을 성공시키자 엽무백은 살수들 사이에서 십병귀라는 별호로 은밀히 오르내렸다.

이에 엽무백의 신분이 밝혀질 것을 걱정한 나머지 장벽산이 반강제로 빼앗아 간 병기가 바로 저 묵룡병이다.

분절된 창은 순식간에 다시 하나의 장창으로 뭉쳤다.

"그리고 이거."

말과 함께 적비가 작고 네모난 은갑 하나를 내밀었다. 뚜껑을 열자 옥빛 투명한 정체불명의 액체에 작은 막대기가 들어 있는 것이 보였다.

전체적인 생김새와 굵기는 투골저와 비슷한데 크기가 오 촌(五寸) 정도로 좀 작고 육각형으로 길었으며 재질은 흑요석 처럼 검고 투명했다.

엽무백의 눈동자가 기이하게 빛났다.

법공과 당엽은 어리둥절한 얼굴로 정체불명의 물건과 엽 무백을 번갈아 보았다. 대관절 저게 무엇이관데 저토록 괴이 한 곳에 모셔두는 걸까?

뭔지 모르지만 비범한 물건임에는 틀림없다.

그렇지 않고서야 저 물건을 바라보는 순간 엽무백의 동공 이 저렇게 흔들릴 리가 없지 않은가.

"잘 보관했군."

"언젠가 한 번은 찾아줄 줄 알았거든요. 사람들을 물릴까 요?"

"그냥 둬."

"다들 놀라 나자빠질 텐데요?"

말은 그렇게 했지만 엽무백의 비밀이 밝혀지는 걸 적비가 꺼린다는 걸 사람들은 느낄 수 있었다.

크기와 생긴 모양으로 볼 때 필시 암기의 일종일 터. 암기를 은닉하는 장면을 지켜보는 것은 남의 수련을 훔쳐보는 것만큼이나 강호에서 금기시된 일이다.

암기란 말 그대로 숨겼다가 출수를 해서 얻는 이득이 큰 물건인데 그걸 그대로 지켜보니 당연한 것 아닌가.

하지만 누구도 나갈 생각을 하지 않았다.

궁금해서 참을 수가 없기 때문이다.

오죽하면 그 점잖은 당엽조차도 눈을 동그랗게 뜨고 지켜볼까.

"대수로울 것도 없어."

말과 함께 엽무백은 액체 속에 담긴 작대기를 왼손으로 집어 들었다. 그리고 오른손 엄지와 약지의 뿌리가 되는 지점 한가운데에 끄트머리를 가져다 대었다.

그리고 살짝 힘을 주는 순간 법공, 당엽, 반자개는 하마터면 까무러칠 뻔했다. 놀랍게도 먹빛 작대기가 엽무백의 손바닥 속으로 천천히 투과되는 것이 아닌가.

살을 뚫고 들어가는 것이 아니라 투과되는 것.

거기에 기이함이 있었다.

법공과 당엽은 한 시진 전 용반산에서 뇌귀가 골적을 불어 폭기를 터뜨리는 것을 보고, 앞으로 사는 동안 평생 그것보다 더 신기한 물건을 볼 일은 없을 거라고 생각했다.

한데 지금 눈앞에서 펼쳐지고 있는 광경은 그것보다 열 배는 더 괴기스럽고 충격적이었다.

고드름이 녹아 없어지듯 정체불명의 작대기는 어느새 엽무백의 손바닥을 통과해 팔뚝 깊숙한 곳으로 사라지고 없었다. 세상에서 가장 완벽하게 숨겨진 암기가 있다면 바로 저 물건일 것이다.

당엽은 문득 떠오르는 생각이 있었다.

'아홉 번째 병기가 저거였군.'

"대체 그게 뭐야?"

법공이 참지 못하고 물었다.

"영검(靈劍)."

"영검? 그게 뭐야?"

"말해 줘도 몰라. 그만 가자."

*　　　*　　　*

신도의 북쪽, 높다랗게 솟은 신궁의 담장이 바라보이는 강변 풀숲에 버려진 목옥이 한 채 있었다. 조막가는 사룡과 함께 그 목옥에서 기다리고 있었다.

"뒤따라오는 사람은 없었겠지?"

조막가가 물었다.

엽무백이 대답을 하기도 전에 노각이 가로챘다.

"어르신도 참 별걸 다 걱정하십니다. 형님이 어디 그런 걸 달고 다닐 사람입니까요?"

"시절이 시절이다 보니 노파심에서 물어본 것이네."

"염려 마십시오. 제가 애들을 풀어서 근동에 매복을 해놓았습니다. 뭔가 있었다면 벌써 신호가 왔을 겁니다."

조막가는 그제야 안심이 되는 듯 한차례 고개를 끄덕이고 엽무백을 바라보았다.

"좋은 소식과 나쁜 소식이 있네."

"좋은 소식부터 듣겠습니다."

"오늘 밤 창룡루(蒼龍樓)에서 만찬이 있네. 전쟁을 승리로 이끈 수뇌부들의 공을 치하하고 혈족을 잃은 여섯 궁주를 위로하기 위한 자리라고 하는군. 교주 이정갑을 비롯해 사루(四樓), 칠당(七堂), 오원(吾園), 육대(六隊)의 수장들은 물론이거니와 명계의 고수들까지 죄다 모일 거라는 얘기가 있네."

창룡루는 만장각과 함께 쌍벽을 이루는 신궁 최고의 건축물이다. 팔 층으로 쌓아 올린 높이만도 삼십여 장, 동시에 수용할 수 인원은 무려 일천 명에 달한다.

하지만 일천 명이 동시에 창룡루로 들어가는 일은 거의 없다. 창룡루의 맨 꼭대기 층이 바로 교주의 집무실이기 때문이다.

해서 신교의 교도들은 창룡루를 달리 교주부(敎主府)라고 부른다. 신교 바깥의 사람들에게는 어마어마한 높이로 말미암아 마탑(魔塔)이라고 불린다. 해서 창룡루, 교주부, 마탑은 모두 같은 건축물의 다른 이름이다.

창룡루가 중요한 이유는 또 하나 있다.

그건 신궁의 가장 중심에 자리해 있다는 점이다.

조막가는 엽무백의 표정을 유심히 살폈다.

창룡루에서 만찬을 여는 게 좋은 소식이라고 말한 이유는 두 가지 때문이다. 첫 번째는 마교의 수뇌부들이 죄다 한곳에 모여 있으니 한꺼번에 쓸어버릴 절호의 기회이고, 두 번째는 노리는 게 그게 아니라면 그들이 만찬에 정신이 팔린 틈을 탈 수 있으니 그 또한 좋다.

엽무백은 가타부타하지 않았다.

"나쁜 소식은 무엇입니까?"

"궁 안의 경계가 갑자기 강화되었네. 십리용장(十里龍墻)엔 일 장 간격으로 궁수와 창수들이 횃불을 대낮처럼 밝힌 채 대기하고 있고, 내궁(內宮)으로 들어가는 길목마다 무인들이 첩첩이 둘러싸고 있네. 일성군이 귀환을 한 후 취한 조치라 들었네. 아마도 자네의 행방이 확실치 않자 혹시나 하는 마음에

예방 차원에서 취한 조치가 아닐까 하네만."

십리용장은 오 장 높이의 담장을 일컫는다.

말이 담장이지 성벽을 방불케 하는 이 구조물은 신궁의 외곽을 둘러싸고 십 리를 달린다. 그 담장의 꼭대기에 초병들이 수시로 다닐 수 있도록 폭 반 장의 길이 있는데, 그곳에 일 장 간격으로 병력이 포진해 있단다. 횃불을 대낮처럼 밝히면서 말이다.

일이 더럽게 꼬였다.

애초 엽무백의 생각은 월장을 한 다음 신궁의 심장부로 진격할 작정이었다. 십리용장에서 신궁의 심장부까지는 무려 오 리. 그 중간중간에 대여섯 개의 담장과 출입문이 더 있다. 그곳에도 병력이 첩첩으로 포진되어 있다고 한다.

제아무리 고도의 살수 비기를 익힌 엽무백과 당엽이었지만 이쯤 되면 긴장하지 않을 수 없었다. 침투가 문제가 아니라 연기처럼 조용하게 접근할 수가 없는 까닭이다.

그건 매우 중요한 문제였다.

만에 하나 침투할 때 기척을 들키면 목적을 달성한다고 해도 퇴로를 확보하기가 어렵다. 엽무백의 목적은 적에게 심대한 타격을 가하는 것이지, 타격을 가하고 장렬하게 죽는 것이 아니었다.

"상황이 이런 데도 꼭 해야겠나?"

조막가가 물었다.

"오늘이 아니면 기회가 없습니다."

"어차피 신궁과 전쟁을 벌일 생각이 아니었나? 굳이 오늘 벌집을 건드려 일을 크게 만들 필요는 없지 않겠나?"

"전쟁에서 이기기 위해서라도 오늘의 거사가 반드시 필요합니다."

좌중에 침묵이 찾아왔다.

사람들은 엽무백의 말뜻을 알아들을 수 있었다.

엽무백은 신궁에 심대한 타격을 입힘으로써 아직 신분을 숨기고 살아가는 정도무림인들에게 봉기를 요구하는 한편 혼세신교에 일조하는 중원의 모든 매검문에게 엄중한 경고를 가하려 하고 있었다.

봐라. 굳건한 마교도 무너질 수 있다.

곧 사람들의 믿음을 깨뜨리는 것이다.

이는 대륙을 가로지르며 매검문들을 질타하고 있는 설산검군과 결사대에도 사기를 드높이는 결과를 가져올 것이다.

당엽과 법공은 한 가지를 더 짐작했다.

앞서 고원에서 설산검군이 이끄는 결사대와 헤어지면서 엽무백은 흑도를 끌어들여야 한다고 했다. 과거 흑도는 천하무림의 절반이었다. 마도천하에서도 끈질기게 자신들의 몫을 챙기며 여전히 잘 먹고 잘사는 인간들, 그들을 끌어들이려면 먼저 힘을 보여주어야 했다.

이 시대의 진정한 주인이 누구인지.

다시 말해 엽무백의 이번 행보는 단순히 복수행이 아닌, 어쩌면 정마대전의 승부를 가르는 분수령이 될 수도 있었다.

"정히 그렇다면 어쩔 수 없군."

말과 함께 조막가가 깔고 앉아 있던 지푸라기들을 이리저리 치웠다. 그리고 검을 뽑아 바닥을 푹 찌르더니 검파를 한쪽으로 찍어 눌렀다.

그러자 바닥의 땅덩어리가 동그랗게 솟아올랐다. 둥근 목판에 흙이 덮여 있었던 모양이다. 둥근 목판이 사라진 자리에 이번엔 퀭한 구멍이 나타났다.

"이게 뭡니까?"

노각이 물었다.

"신궁이 시대를 알 수 없는 고대의 유적지 위에 지어졌다는 얘긴 들었지? 그런 연유로 과거에는 숱한 도굴꾼들이 매장된 보물을 찾기 위해 이곳으로 몰려들었다네. 그때만 해도 유적지는 관군들이 관리하고 있었던 탓에 도굴꾼들은 멀리 떨어진 곳에서 토굴을 뚫고 들어갔지."

"하면 이 토굴이 신궁의 지하로 이어진다는 말씀입니까?"

"그렇다네."

사람들은 깜짝 놀랐다.

적의 삼엄한 경계를 뚫고 잠입할 일이 꿈만 같더니 이렇게 간단하게 해결될 줄이야.

"한데 왜 이걸 이제야 보여주시는 겝니까?"

"내 밑천이었으니까."

"예?"

"오래전 하남에서 만난 누군가에게서 우연히 들었다네. 담가면 한 그릇을 공짜로 먹는 대가로 그는 신궁의 지하로 통하는 토굴의 위치를 가르쳐 주더군. 그가 이르길, 유적지에 매장된 보물은 이제 더 없지만 대신 신궁에는 엄청난 보물이 쌓여 있을 테니 간담이 큰 자라면 한 재산 단단히 모을 수 있을 거라고 하더군."

"하면 어르신의 밑천이라는 말씀은……?"

"내가 이 살벌한 신도에 악착같이 붙어사는 이유가 뭐겠나? 그동안 신궁을 들락날락하면서 제법 쏠쏠했지. 하지만 아무래도 오늘이 마지막 사용이 될 듯싶으이."

누군가 신궁으로 침투했다가 빠져나간 걸 알면 적들은 무슨 수를 써서라도 침투로를 찾아내려 들 것이다. 그래야 빈틈을 막고 제이, 제삼의 침투를 사전에 방지할 수 있을 테니까. 조 노인의 말은 그렇게 발각되고 나면 더는 쓸 수가 없다는 뜻이다.

"흐흐흐. 그동안 한 재산 단단히 모으셨겠습니다?"

법공이 흥에 겨워 슬그머니 끼어들었다.

"도행(盜行)에도 도(道)가 있는 법. 훔친 재물로 재산을 쌓는 건 좀도둑들이나 하는 짓이라네. 대도는 불가능한 일을 해냈을 때 느끼는 성취감을 위해 도행을 하지."

"그리 말씀하시니 꼭 도둑 같습니다?"

조막가는 말없이 웃기만 했다.

뭔가 어색한 공기가 잠시 흘렀다.

"도왕(盜王) 만리독행(万里獨行) 조세옥이 어르신이셨군요. 그동안 감쪽같이 속았습니다."

엽무백이 실소를 터뜨리며 말했다.

"이런!"

"맙소사!"

"말도 안 돼!"

"뭔가 비범한 내력이 있을 거라고 짐작은 했지만, 도왕이셨을 줄이야!"

노각, 채양, 오귀성, 적비가 차례로 감탄성을 내뱉었다.

당엽과 법공은 이해할 수가 없었다.

자신들이 보기에 진짜 말이 안 되는 건 수 년을 함께했으면서도 조막가, 아니, 조세옥의 내력을 알지 못했다는 것이다.

그러고 보니 엽무백도 채양, 오귀성, 심지어 적비의 내력을 모른다고 했다. 두 사람이 보기에 채양, 오귀성, 적비는 예사롭지 않은 무공의 소유자였다. 저런 사람들이 내력을 모르는 채 서로를 신뢰한다는 게 가능할까?

그러다가 문득 엽무백이 눈에 들어왔다.

생각해 보면 불가능한 것도 아니다.

엽무백에 대한 정도무림인들의 믿음과 신뢰 역시 그랬지 않은가. 중요한 것은 과거에 누구였고 무얼 했는지가 아니라 지금 어디에 서 있느냐 하는 것이었다.

"어르신께서 중요한 걸 내놓으셨으니 우리도 선물을 하나 할까요?"

말과 함께 적비가 풀어놓은 것은 푸른빛이 감도는 무복과 피풍의였다. 때를 맞춰 이번엔 노각이 죽편(竹片)을 이어 붙여 검갑을 삼은 장검 여덟 자루를 바닥에 풀어놓았다.

"이것들이 다 뭐야?"

엽무백이 물었다.

"철검조(鐵劍組)의 복장이에요. 아무리 생각해도 이 시각에 궁 안을 마음대로 휘젓고 다녀도 어색하지 않을 사람들은 철검조의 인물밖에 없더라고요. 운이 따르면 이걸로 한 번은 속여먹을 수 있을 거예요."

철검조는 딱히 어디 소속이라 말하기 어려운, 신궁에서도 최하급에 속하는 잡졸들이다.

이유가 있다.

입궁을 하게 되면 가장 먼저 바로 저 푸르스름한 무복을 받게 되는데, 그때부터는 신궁의 온갖 허드렛일을 도맡아 한다.

게다가 재주를 보이면 비로소 신궁의 직계 조직에 편제되어 제대로 된 무공을 배우기도 하고, 높은 사람의 눈에 띄어 그 휘하로 들어가기도 한다. 하지만 대부분은 평생 철검조의 조원으로 늙어간다.

말이 좋아 무인이지 그냥 잡인이다.

그러나 잡인이라 부를 수 없으니 철검 한 자루씩을 나눠 주고 철검조라 불렀다.

그런 사람이 신궁 내에서만 일만이 넘는다.

한마디로 철검조는 일개 조(祖)이면서 신궁 내 가장 많은 조원을 거느린 집단이다. 언제 어디서 툭 튀어나오더라도 전혀 이상할 것이 없는 부류인 것이다.

"그런데 왜 여덟 쌍이지?"

엽무백이 물었다.

"우리도 함께 갈 겁니다."

노각이 철검조의 무복 하나를 잽싸게 골라 원래의 옷 위로 덧입으면서 말했다. 뒤를 이어 사람들이 자신의 체형에 맞는 걸 하나씩 골라 입기 시작했다.

철검조의 무복을 모두 입은 다음에는 피풍의로 몸을 가렸다. 피풍의는 비바람만 막아주지 않는다. 눈과 한기도 막아준다. 신궁에서는 수많은 사람에게 모두 털옷을 지급할 수 없으니 피풍의를 나눠 주어 아쉬운 대로 추위만 피하게 했다.

마지막으로 철검은 한 손에 딱 쥐니 다섯 사람은 순식간에 늙고 젊은 철검조로 돌변했다.

엽무백은 심각한 표정으로 조세옥을 바라보았다.

"어떻게 된 일입니까?"

"말 그대로일세. 우리도 함께하겠네."

"저곳에 지금 어떤 인간들이 모여 있는지 아시지 않습니까?"

"염려 말게. 늙으면 겁이 없어진다네."

"어르신!"

"삼공자에게는 우리도 신세를 많이 졌지. 그가 음으로 양으로 힘을 써준 덕분에 여럿 목숨 건졌네. 이제 그가 죽어버렸으니 그의 벗이라도 돕고 싶네. 자, 그만 가세."

어느새 옷을 모두 입은 조세옥은 엽무백에게 말할 기회도 주지 않고 토굴 속으로 몸을 던져 버렸다. 노각, 채양, 오귀성, 적비가 차례로 뒤를 이었다.

당엽과 법공이 뻘쭘하게 서서 엽무백을 바라보았다. 어떻게 할 거냐는 뜻이다. 엽무백은 고개를 절레절레 흔들며 말했다.

"못 말릴 노인네들이로군."

第十一章　신궁(神宮)으로 침투하라

후욱!

조세옥의 손에서 횃불이 일어나 사위를 밝혔다.

토굴이라는 말과 달리 동굴은 사방이 바위로 이루어진 암굴이었다. 크기는 장정 하나가 허리를 굽히고 걸어갈 정도. 바닥엔 어느 틈바구니를 뚫고 흘러나오는지 모를 물이 발목까지 차고 흘렀다.

"처음 이 암굴을 발견했을 때는 통로가 온통 물바다였지. 산자락에 얹힌 신궁을 향해 경사지게 뚫은 터라 물살이 어찌나 세찬지 위용이 대단했다네. 물살이 바위를 깎아서인지 바닥도 매끌매끌했고. 아차, 속았구나 싶은 게 도저히 들어갈 엄두가 나질 않더라고."

맨 앞에서 길을 잡고 가던 조세옥이 말했다.

그의 뒤에는 노각, 채양, 오귀성, 적비, 엽무백, 당엽, 법공이 앞사람의 엉덩이를 보며 차례로 따랐다.

줄 선 순서를 보면 정작 거사의 당사자인 엽무백과 당엽, 법공보다 신도의 오룡이 더 설레발을 치는 모양새였다.

"그래서 어떻게 되었어요?"

적비가 물었다.

"그대로 물러날 내가 아니었지. 해서 강철로 호조수(虎爪手)를 만들어 손목에 장착한 다음 바닥을 찍으면서 조금씩 나아갔지. 물이 암굴을 완전히 채워서 흐르는 게 아니었기 때문에 간간이 고개를 들어 숨을 쉴 수는 있었어."

"성공하셨나요?"

"웬걸, 이십여 장 정도를 가까스로 나아갔는데 갑자기 어린아이 머리통만 한 돌덩어리가 물살에 섞여 떠내려오지 않았겠나. 미처 피할 사이도 없었네. 가슴을 정통으로 맞고는 맥없이 나가떨어졌지. 밖으로 나가서 보니 갈비뼈가 세 대나 나갔더군. 하마터면 죽을 뻔했어."

바닥에 이따금 발톱 자국 비슷한 게 보이더라니 조세옥이 호조수로 찍은 자국인가 보다. 저렇게 깊게 박힌 걸 보면 물살이 세긴 셌나 보다.

"그래서 포기하셨나요?"

"갈비뼈까지 부러졌는데 포기하라고?"

"훗, 보통은 갈비뼈가 부러지면 포기를 하죠."

"난 오기가 생기더군. 해서 한 달간 정양을 한 후 다시 찾아왔네. 그리고 이번엔 무려 백오십 장을 나아갔지. 십리용장을 지나 신궁의 아래까지 들어온 게야."

"놀라워요."

"가슴이 뛰더군. 나는 계속해서 나아갔네. 신궁에 침투를 하고 못하고를 떠나 동굴을 탐사하는 것만으로도 충분히 재미있었지. 그러다 마침내 그 도굴꾼이 일러준 표시가 저만치 보이더군. 이제 물 위로 머리를 내밀고 출구를 찾기만 하면 되었지."

"이번에는 성공하셨어요?"

"실패했네."

"이번엔 또 왜요?"

"힘이 빠져서."

일순간 좌중에 침묵이 감돌았다.

천하의 만리독행이 목표물을 앞두고 힘이 빠져서 물살에 떠내려가다니. 하지만 만리독행은 조금의 민망함도 느끼지 않고 말했다.

"보다 정확하게 말하면 힘이 빠져서가 아니라 내가 무리를 했기 때문일세. 자연의 힘이란 무섭다네. 그때 당시 내 공력으로 호조수로 바닥을 찍으며 물살을 헤치고 오를 수 있는 거리는 이백오십여 장이 최대였네. 한계를 느꼈지. 한데 거기까지 온 게 너무나 아까워 다시 오십여 장을 더 나아가는 무리를 했는데 결국엔 실패하고 만 거지."

사람들의 생각이 조금은 달라졌다.

조세옥은 실패를 한 것이 아니라 스스로의 한계를 넘어선 것이다.

한편 엽무백은 조세옥이 지난날의 이야기를 통해 암굴에 대한 정보를 알려주고 있음을 알았다. 목옥에서 바라본 신궁까지의 거리가 대략 백오십여 장이다.

조세옥은 백오십 장을 통과하는 지점에서 십리용장 아래를 지나갔다고 했으니 암굴은 서북쪽을 향해 곧장 뻗어 있다.

거기서 다시 백오십여 장을 더 나아가면 출구가 있다고 했으니 목옥을 기준으로 서북쪽을 향해 직선거리 삼백여 장 거리에 있는 곳이 출구다.

'연지(蓮池)!'

연지는 진령에서 흘러내려 오는 계곡물을 끌어들여 만든 커다란 못이다. 여름이 되면 삼천여 평의 연못이 온통 연꽃으로 가득해진다.

연꽃이라는 놈이 묘해서 고인 와중에도 한줄기 맑은 물이 생명수처럼 흘러야 비로소 죽지 않고 꽃을 피운다.

때문에 연지에는 새로운 물이 끊임없이 공급되고 또 그만큼의 물이 배수로를 통해 빠져나간다.

엽무백은 암굴을 가득 채우고 흘렀다는 물의 정체를 비로소 알 수 있었다. 물은 연지에서 흘러나온 것이다.

처음 토굴을 판 사람도 머리 위에 연못이 있을 줄은 꿈에도 몰랐을 것이다. 연못의 바닥을 뚫다가 물벼락을 맞았을 생각을 하니 엽무백은 저도 모르게 실소가 터졌다.

하지만 그건 결과적으로 잘된 일이었다.

그랬기에 그 오랜 시간 출구가 적들에게 발각되지 않았을 테니까. 연못 바닥에 궁 외부로 통하는 비밀 통로가 있다는 걸 누가 상상이나 했겠는가.

"그래서 성공은 언제 하셨습니까?"

법공이 답답하다는 듯 물었다.

매양 실패담만 듣다 보니 속이 터지는 모양이다.

"한 반년 정도 수련을 하며 공력을 길렀지. 그리고 암굴을 다시 찾았더니, 맙소사. 그 많던 물은 다 빠지고 바닥에 이끼만 가득한 거야. 바로 지금처럼 말이네."

"예에?"

"예에?"

"예에?"

적비, 법공, 노각이 이구동성으로 말했다.

"왜 그런지 곰곰이 생각해 보니 그때가 일 년 중 가장 가뭄이 심한 겨울이더라고. 내가 한창 물살과 씨름을 할 때는 장마철이었고 말이야. 미치겠더라고."

적비, 법공, 노각이야말로 미치고 팔짝 뛰겠다는 표정을 지었다.

그때 앞서 가던 조 노인이 갑자기 걸음을 멈추더니 말했다. 일렁이는 횃불 사이로 한층 가라앉은 그의 목소리가 들려왔다.

"다 왔네."

"출구는 어디에 있습니까?"

엽무백이 물었다.

"자네 머리 위일세."

엽무백이 위를 올려다보았다.

방향을 꺾어 삼 장 높이로 올라가는 동굴의 끄트머리에 과연 항아리 덮개 같은 물건이 보였다. 판자 대여섯 개를 둥글게 이어 만든 출입문은 사람 하나가 겨우 몸을 뺄 정도로 좁았다. 그 문틈 사이로 얼음장처럼 차가운 물이 뚝뚝 떨어지고 있었다.

"장마철엔 물이 어디로 들어오는 겁니까?"

엽무백이 물었다.

조 노인은 횃불을 옮겨 동굴 여기저기를 비추며 말했다.

"문틈으로 쏟아지기도 하고 수압 때문에 동굴 벽 곳곳의 갈라진 틈에서 터져 나오기도 한⋯⋯!"

말을 하던 조 노인이 갑자기 털썩 쓰러졌다. 그의 손에 들려 있던 횃불이 한순간 허공으로 떠올랐다. 그 순간, 엽무백이 횃대의 중동을 때려 횃불을 채양, 오귀성, 노각, 적비 등이 모여 있는 뒤쪽으로 날려 보냈다.

당황한 네 사람의 앞으로 횃불이 훅 날아들면서 한순간 시야가 흐려졌다. 그 틈을 타고 엽무백이 지풍을 벼락처럼 난사했다.

퍼퍼퍼퍽!

"허억!"

"아악!"

"커헉!"

"아악!"

누가 먼저랄 것도 없이 네 사람이 단말마를 지르며 쓰러졌다. 눈 깜짝할 사이에 일류고수 다섯을 쓰러뜨린 이 수법은 방심, 횃불이 만들어내는 음양, 극쾌의 수법이 절묘하게 조화를 이루었기에 가능한 한 수였다.

당엽과 법공은 그야말로 어리둥절했다.

엽무백은 마혈과 아혈을 동시에 짚여 끙끙대는 조 노인에게로 다가갔다.

"전날 강변에서 어르신과 중원 최강의 장법(掌法)이 무엇이냐를 놓고 논쟁을 하던 때가 생각나는군요. 그때 황소만 한 바위를 가루로 내어버리던 어르신의 백타장(百打掌)의 위력은 아직도 생생합니다."

"……!"

아혈을 짚여 말을 할 수 없는 조 노인은 두 눈을 동그랗게 뜨고 엽무백을 응시했다. 대체 왜 이러는 거냐고 묻는 듯했다.

"삼맥의 혈도를 잠시 눌러놓았습니다. 일다경 정도 지나면 저절로 풀려 운신이 가능할 겁니다. 그때까지 저희가 돌아오지 않거든 동굴을 무너뜨리고 여길 떠나십시오."

엽무백은 이어 그때까지 가지고 있던 묵룡창을 분절해 허리 뒤춤의 요대 사이에 쑤셔 넣고 피풍의로 감췄다. 이어 노각이 가져온 철검을 피풍의 사이로 삐져나오도록 허리춤에 묶은 다음 법공으로 하여금 짊어지고 온 가죽부대를 내려놓게 했다. 가죽 주머니 속에는 뇌귀로부터 획득한 지뢰가 가득 담겨 있었다.

"다들 서둘러."

엽무백의 명령이 떨어지기 무섭게 세 사람은 지뢰를 꺼내

몸 곳곳에 최대한 쑤셔 넣었다. 이윽고 준비를 모두 마친 엽무백은 바닥을 짧게 박찼다. 그의 신형이 위로 난 동굴 속으로 쭉 빨려 올라갔다. 당엽과 법공이 그 뒤를 따랐다.

*　　　*　　　*

어둠에 잠긴 연지는 고요했다.

고요한 수면에 파장이 이는가 싶더니 세 개의 얼굴이 모습을 드러냈다.

엽무백과 당엽, 법공이었다.

물 밖으로 얼굴을 드러낸 엽무백은 가장 먼저 차가운 바람과 함께 미세한 빛을 느꼈다.

궁 곳곳을 밝혀둔 횃불의 잔영이었다.

엽무백은 기감을 끌어올려 주변에 아무도 없음을 거듭 확인한 후 서서히 물 밖으로 나왔다. 연지의 가장자리는 온통 풀숲이었다.

물기가 많은 탓에 연지의 가장자리는 언제나 풀이 무성했다. 풀은 봄에 가장 극성을 부렸다가 여름이 되면 물에 잠기고 가을을 넘기고 겨울이 되면서 바싹 마른다.

하지만 지금은 온통 눈밭이었다.

'좋지 않다.'

눈의 하얀 배경은 작은 빛에도 사방을 밝게 만들며 사람의 움직임을 쉽게 드러낸다. 잠행을 하기에는 최악의 조건. 이래서 살수들은 눈 오는 날에 살행을 나가지 않는다. 굳이 나가야 한다면 눈에 동화되기 쉬운 백의를 입는다.

"서둘러 여길 벗어나야겠소."

당엽이 말했다.

특급의 살수답게 당엽은 주변의 상황을 한눈에 파악했다.

"어헛, 추워라. 일단 조용한 곳에 가서 몸부터 좀 말리자고."

법공이 말했다.

눈까지 내린 한겨울에 물속에서 나왔으니 한기가 뼛속까지 스며드는 것은 당연했다.

하지만 엽무백은 단호했다.

"지금부터 전속력으로 달린다. 각자 지닌바 최고의 은신술을 펼치되 눈밭에 발자국이 남지 않도록 각별히 조심할 것."

말과 함께 엽무백의 신형이 흐릿한 잔영으로 변하더니 순식간에 사라졌다. 당엽과 법공은 뭐라 항변할 사이도 없이 뒤를 따랐다.

사방이 온통 눈밭인데 어떻게 발자국을 안 남기나. 엽무백의 말은 발자국이 남지 않을 만한 곳을 밟거나 이미 찍혀져 있는 발자국을 발끝으로 박차라는 말이다.

하지만 그건 기우에 불과했다.

엽무백을 필두로 당엽과 법공 모두가 답설무흔(踏雪無痕)의 경지에 든 고수였기 때문이다.

눈 깜짝할 사이에 연지를 벗어난 세 사람은 전각과 전각 사이에 자리한 대로를 가로질러 가장 가까운 곳에 있는 전각의 지붕 위로 솟구쳤다.

눈을 배경으로 하는 아래보다는 검은 밤하늘을 배경으로 한 위쪽을 달리는 것이 적의 눈에 띌 확률이 낮았기 때문이다. 일곱 개의 검은 잔영이 전각과 전각 사이를 건너뛰며 달리는 풍광이 그렇게 해서 만들어졌다.

달리는 와중에 세 사람은 동공(動功)을 펼쳤다. 내력을 끌어올려 젖은 옷을 말리고 몸 안에 스며든 한기도 몰아냈다. 수증기가 뭉실뭉실 피어오르길 한참, 세 사람의 옷은 어느새 뽀송뽀송해졌다.

높은 곳에서 달리다 보니 궁 안의 밤 전경이 한눈에 들어왔다. 예상대로 궁 안의 경비는 평소보다 훨씬 삼엄했다. 횃불은 십여 장에 걸쳐 하나씩 꽂혀 있었으며 중무장을 한 무인들이 곳곳에서 순시를 하거나 번을 서고 있었다.

하지만 그들 중 누구도 세 개의 검은 잔영을 발견하지 못했다.

전각과 전각 사이를 나는 듯 달려 무려 백여 장을 이동한 엽무백은 아무런 사전 경고도 없이 갑자기 오 장 아래의 땅으로 뚝 떨어져 내렸다.

"무슨 일이야?"

법공이 물었다.

그는 전각이 계속 이어지는데도 불구하고 엽무백이 갑자기 방식을 바꾼 이유가 궁금했다.

"왼편에 산이 있어."

"산이라고……?"

법공이 고개를 꺾어 왼쪽을 바라보았다.

과연 온통 눈으로 뒤덮인 하얀 설봉이 신궁을 향해 신령한 설광(雪光)을 발산하고 있는 게 보였다.

법공은 다시 오른쪽으로 고개를 꺾었다.

미로처럼 복잡하게 펼쳐진 전각군 사이로 횃불을 든 수많은 무인이 보였다. 앞서 지나온 곳보다 훨씬 경계가 삼엄했다.

저들 중에는 엄청난 고수도 있을 것이다.

설봉을 배경으로 달릴 경우 아무리 고도의 은신술을 펼친다고 해도 누군가 한 명쯤은 이질감을 느낄지도 모른다.

엽무백은 그 가능성을 염두에 두었다.

이건 세심함이나 노련함으로는 설명할 수 없는 어떤 경지였다. 오직 하나의 일에 모든 걸 쏟아부을 때에야 비로소 알 수 있는 아주 작은 것. 법공은 엽무백의 집중력에 경탄을 금 치 못했다.

방식이 바뀌었다.

엽무백은 처마 아래의 좁은 그림자 사이로 사라졌다. 어둠 과 동화된 그는 처마에 매달려 거미처럼 빠르게 나아갔다.

어떤 구조물이 있고, 거기에 어느 방향에서든 빛이 비친다 면 반드시 그림자가 생겨나게 마련이다. 보통 사람들에게는 그냥 지나치고 말 이런 그림자들이 살수에게는 훌륭한 침투 로가 된다.

엽무백은 이런 그림자를 귀신같이 찾아내고 깃들었다. 이 정도의 정교한 침투행을 하게 될 줄 몰랐던, 아니, 엽무백이 살수 비기를 펼치는 걸 처음 본 법공은 속으로 끊이지 않고 감탄했다.

그가 십병귀로 명성을 떨친 이유를 이제야 알 것 같았다. 오죽하면 잠행과 은신술에 관한 한 둘째가라면 서러울 당엽 조차도 닥치고 엽무백의 뒤만 졸졸 따라갈까.

어느 순간 엽무백의 신형이 전각 모퉁이 그림자 속에 찰싹 달라붙은 채로 다시 한 번 멈췄다. 세 사람이 나가려는 쪽 전 방에서 횃불을 밝힌 무인 다섯 명이 걸어오고 있었다.

신궁에서 가장 흔하다는 철검조의 무인들이다.

적들과의 거리는 불과 오 장.

횃불을 들었으니 모퉁이 아래 그림자 속으로 들어서는 순간 아무리 하수라고 해도 이질감을 느낄 것이다. 환영술을 펼치기에는 주변의 경물이 너무나 평범하다. 무엇보다 횃불은 환영술을 무력하게 만든다.

'피할 수 없다.'

세 사람은 똑같은 생각을 했다.

당엽과 법공의 머릿속에 엽무백의 전음이 울린 것도 동시였다.

[검을 부딪쳐선 안 돼.]

일격필살. 소리를 내지 말고 일격에 죽이라는 뜻이다. 다섯이 모퉁이를 돌아섰다. 일렁이는 횃불과 함께 세 사람의 인형이 적나라하게 드러났다. 아무 생각 없이 모퉁이를 돌던 오인의 무인이 그 자리에서 뻣뻣하게 굳었다.

"누구……!"

세 개의 신형이 벼락처럼 쏘아진 것도 동시였다.

파파팟!

순식간에 거리를 없앤 엽무백은 철검을 뽑아 일수에 두 명의 적을 비껴 베어버렸다. 이어 질풍처럼 돌아서며 막 장검을 뽑으려던 한 명의 목을 마저 베었다.

단 두 번의 움직임에 세 개의 목이 떨어졌다.

그건 섬광이 번쩍이는 것에 비견할 만큼 짧은 시간에 벌어진 일이었다. 엽무백은 적의 손에서 떨어지는 횃불 세 개를 낚아채는 것으로 상황을 깔끔하게 마무리했다.

그때쯤엔 당엽과 법공도 남은 두 사람을 사이좋게 나눠 벤 후 횃불을 빼앗아 든 상태였다.

"시체를 옮겨."

엽무백이 말했다.

세 사람은 다섯 구의 시체를 황급히 모퉁이 뒤쪽으로 옮겼다. 일단 개방된 공간에서 벗어나자 횃불을 모두 끄고 시체들을 다시 깊숙한 곳으로 옮기기 시작했다.

엽무백이 발견한 장소는 전각의 뒤쪽 송림에 자리한 우물이었다. 겨울이 되면 바닥을 드러내는 이 우물은 엽무백도 잘 아는 곳이었다.

시체 하나를 던져 넣자 쿵 소리가 울렸다.

하지만 두 번째부터는 앞서 떨어진 시체가 완충작용을 해서인지 소리가 잦아들었다. 다섯 개의 시체를 감쪽같이 처리한 세 사람이 다시 걸음을 옮기려는 찰나, 앞쪽에서 십여 개의 인영이 모퉁이를 돌아 송림 쪽으로 오는 것이 보였다.

거리는 불과 십여 장. 피차 서로를 목격한 터라 피하고 말고 할 것도 없었다. 세 사람은 그 자리에 석상처럼 굳어버렸다.

그사이 십 인의 무인들은 점점 가까워져 갔다.

일렁이는 횃불 아래 그들의 모습도 드러났다.

거칠고 사나운 기도를 폴폴 풍기는 가운데 발걸음이 예사롭지 않은 것이 앞서 죽인 다섯 사람들과는 차원이 달랐다.

그들에게선 수없이 살인을 해본 사람들에게서만 나는 피냄새가 느껴졌다. 수궁이 아닌 대외의 전투를 위주로 하는 타격대 소속의 무사들인 것 같았다.

"어떻게 하오?"

당엽이 입술을 달싹여 모기만 한 소리를 냈다.

"해치워야지."

엽무백이 말했다.

"너무 많은데."

열 명을 죽이려면 못할 것도 없다.

당엽의 말은 전신에서 풍기는 기도로 보아 검을 부딪치지 않고 일수에 죽이기에는 어렵다는 뜻이다.

"피하기에는 늦었어. 최대한 빨리 끝내도록."

그사이 적과의 거리는 불과 대여섯 장으로 줄어들었다. 한밤중에 낯선 사람들이 횃불도 없이 우물가에 있는 게 이상한지 그들은 엽무백 일행을 위해 직선으로 다가왔다.

엽무백과 당엽은 허리춤에 찬 검파로 슬그머니 손을 가져갔다. 그때 갑자기 법공이 앞으로 나서며 호통을 쳤다.

"웬 놈들이냐?"

법공의 이 말은 너무나 당당해서 마치 주객이 전도된 듯했다. 어리둥절해진 당엽은 눈알을 굴려 법공을 곁눈질했다.

그리고 생각했다.

'이 자식, 무슨 수작이야!'

대답은 즉각 돌아오지 않았다.

십 인의 무인들은 서너 장 거리까지 다가오더니 횃불을 쑥 내밀었다. 그들의 시선이 세 사람의 얼굴과 피풍의를 천천히 훑더니 허리춤에 삐져나온 장검에서 멈췄다. 옻칠을 한 죽편 검갑에 마끈을 친친 감은 검파로 이루어진 장검은 철검조만의 특징이었다. 의도한 것이 아니라 저렴한 재료로 대량생산을 하다 보니 생겨난 획일성.

"철검조? 너희가 여긴 웬일이지?"

"누구냐고 묻잖소?"

법공이 버럭 짜증을 냈다.

일개 철검조 주제에 타격대의 무인들을 호통친다? 이건 상상도 할 수 없는 일이다. 한데 신궁의 내부 사정을 소상히 모르는 법공은 철검조가 무슨 벼슬이라도 되는 줄 아는지 다짜고짜 호통이었다.

"적룡대(赤龍隊) 소속 오조원들이네."

호통을 맞은 사내가 말했다.

여전히 하대였지만 말투는 훨씬 부드러워져 있었다.

적룡대면 유마궁이 거느린 여러 타격대 중 한 곳이다. 유마궁의 병력 대부분이 고원에서 몰살을 당한데다 궁주 우청백과 소궁주 우두간까지 죽어버리자 신궁에 남아 있던 유마궁의 무인들은 그야말로 끈 떨어진 연 신세였다.

반면 비록 하급무사들이라고는 하나 철검조는 엄연한 신궁의 사람들이다. 그것도 벼슬이라고 나름 인맥도 있고 힘도 있다.

게다가 비마궁주 이정갑이 교주가 된 지금, 신궁의 모든 사람은 제아무리 하급무사라고 해도 모두 이정갑의 사람이다.

적룡대의 무인들은 그걸 두려워하고 있었다.

엽무백은 속으로 실소를 터뜨렸다.

"처음 보는 얼굴들이오만?"

법공이 고개를 갸우뚱하며 물었다.

"피차일반이네."

당엽은 터져 나오려는 웃음을 억지로 삼켰다.

적룡대는 유마궁의 타격대다.

과거 신궁과 유마궁의 관계를 생각하면 서로가 조우할 일 자체가 없었다.

처음 보는 사이인 게 당연하다.

뒤늦게 실태를 깨달았는지 법공이 슬그머니 한마디를 흘렸다.

"하기야 피차 볼 일도 없었겠지."

"그런데 횃불도 없이 여기서 무얼 하는 겐가?"

"횃불을 찾고 있었소."

"……?"

적룡대의 무인들은 얼떨떨한 표정을 지으며 좌우를 둘러보았다. 송림에 와서 대관절 무슨 횃불을 왜 찾는다는 건가.

당엽은 생각했다.

'그러면 그렇지. 나오는 대로 막 지껄이는구나.'

"대관절 무슨 말을 하는 겐가?"

"나도 이렇게밖에 말을 못하는 내가 한심스럽소이다."

법공은 하늘을 올려다보며 울상을 지었다.

적당한 말로 응대를 하지 못하는 자신에 대한 자괴감 때문이었다.

당엽은 미치고 팔짝 뛸 지경이었다.

'아이고, 두야.'

한데 적룡대의 무인들은 법공의 이런 태도에서 무언가 말못할 사정이 있다고 생각하는 눈치였다. 시국이 어수선하다보니 지금은 별의별 일이 다 일어나고 있었다.

"뭐, 나름 사정이 있겠지. 그럼 수고들 하시게."

말과 함께 적룡대의 무인들이 걸음을 옮겼다.

엽무백, 당엽, 법공은 얼떨떨했다.

하지만 그것도 잠시, 행여나 또 얽힐세라 세 사람은 황급히, 그러나 서두르는 기색 없이 적룡대가 간 방향과 반대쪽으로 걸음을 옮겼다.

그때였다.

"잠깐!"

뒤에서 적룡대의 목소리가 들려왔다.

세 사람은 그 자리에 우뚝 멈춰 섰다. 동시에 언제든 도약이 가능하도록 한 발을 뒤로 빼면서 슬그머니 돌아섰다. 한 사람이 다가오더니 횃불을 법공에게 건네주며 말했다.

"이거라도 들고 다니시게. 무슨 사정이 있는지 모르나 어수선한 시국에 철검조가 횃불도 없이 다니면 화살 맞기 딱 좋지."

"……?"

법공은 얼떨결에 횃불을 건네받았다.

적룡대의 무인은 가볍게 웃어주고는 다시 뛰어가 일행과 어깨를 나란히 했다. 그가 이렇게 친절을 보이는 이유는 간단했다. 사람 일은 모르는 거니 이렇게 낯을 익혀놓으면 언젠가 한 번은 요긴하게 쓸 수 있을 거라는 생각에서였다.

사정을 모르는 법공은 그저 얼떨떨했다.

엽무백이 두 사람을 채근했다.

"서둘러."

적룡대를 속이는 데 성공한 세 사람은 자신감이 붙었다. 더는 그림자 속으로 숨어들지 않고 횃불을 든 채 당당히 걸어간 것이다.

혹시나 이상히 여기는 사람이 있지 않을까 염려했지만 기우에 불과했다. 외궁의 수문을 지나 내궁 깊숙한 곳까지 무려 삼백여 장을 걸어가는 동안 세 사람은 그 어떤 검문이나 의심도 받지 않았다.

사람만 바글바글했지 경계는 허술하기 짝이 없었다. 전쟁이 끝나고 난 후 신구 세력이 하나로 섞이면서 오는 혼란의 여파였다.

지금 신궁에는 십만 명의 병력이 집결해 있다. 그들 중 절반은 팔마궁 쪽 사람들로, 신궁에 발을 딛는 것 자체가 처음이었다.

그들은 신궁의 토박이들을 모르고, 신궁의 토박이들은 새로 들어온 사람들을 모른다. 서로가 서로를 모르는데 어떻게 그 많은 사람을 검문하고 단속할 것인가.

"이럴 줄 알았으면 처음부터 당당히 걸어 다닐 걸 그랬지? 이게 다 나 때문이라는 걸 잊지 말라고."

법공이 말했다.

"운이 좋았던 거요."

당엽이 말했다.

"정말 그렇게 생각해?"

"무슨 뜻이오?"

"관성 때문이라는 생각은 안 들어? 은밀히 잠입하는 것만이 침투의 정석이라고 생각하는 살수들만의 쓸데없는 관성. 발전은 그런 구태를 깨는 것에서부터 시작하는 법이야."

"꿈보다 해몽이 좋군."

"쯧쯧쯧, 그렇게 속이 좁아서야."

이런저런 대화를 나누는 사이 세 사람은 웅장한 전각군을 거느린 어느 장원 앞에 당도했다. 담장 대신 횃불을 든 수많은 병력이 쉴 새 없이 오가는 그 장원의 한가운데 하늘을 찌를 듯이 솟은 건축물이 있었다.

창룡루였다.

마침내 신궁의 심장부를 앞두었다.

『십병귀』 제8권에 계속…

FANTASY ORIENTAL STORY

北天十二路

북천 십이로

허담 新무협 판타지 소설

먼 시간을 돌아 인간 세상에서 사라졌던
두 개의 신경이 다시 사람의 손에 들어왔다.

신경의 정한 운명의 끈에 이끌려
두 남녀가 패자와 검노의 길을 걷는다.

북천십이로!

야망과 탐욕, 비정과 정염으로 가득 찬
두 남녀의 강호행이 지금 시작된다.

Book Publishing CHUNGEORAM

유행이 아닌 자유추구 -
WWW.chungeoram.com

때로는 비천한 주방 하인
때로는 해석 못하는 무공이 없는 무학자
때로는 명쾌한 해결사.

만능서생 용비.

살아남기 위해 독종이 되었고,
살아남아 통[通]하게 되었다.

ORIENTAL FANTASTIC STORY

김대산 新무협 판타지 소설

心劍誌
심 검 지

꼬물거리는 새끼 용(龍) 한 마리!
작고 희미한 검 한 자루!
순박한 산골 소년의 마음속에 심어지고 만 그것들이
지금 조금씩 자라나고 있다!

김대산! 그의 아홉 번째 이야기!

"한 자루 마음의 검을 다듬어내니
천지간에 베지 못할 것이 없도다!"

Book Publishing CHUNGEORAM

유행이 아닌 자유추구 -
WWW.chungeoram.com